Yves Ravey

Die Abfindung

Roman

Aus dem Französischen von
Holger Fock und Sabine Müller

liebeskind

I

Das Porträt meiner Frau Remedios von der Feier am Vorabend unseres Hochzeitstags würde für immer im Büro meiner Tankstelle bleiben. Ich betrachtete es, um mich davon zu überzeugen, dass wir ein glückliches Paar waren, und verglich es dann mit dem Foto, das am Tag unserer Verlobung in Venedig aufgenommen worden war. Auch wenn ich die beiden Abzüge nebeneinanderhielt, ich konnte keinen Unterschied erkennen. Ihre Gesichtszüge waren auch nach einem Jahrzehnt dieselben. Das hat mich in gewisser Weise beruhigt. Ich steckte das Foto vom Hochzeitstag in einen neuen Rahmen und hängte es im Büro an die Wand.

2

Anschließend nahm ich die Akte mit dem Insolvenzantrag zur Hand. Hinter der ersten Seite war ein loses Blatt eingelegt, der Flurplan des Betriebs, wie wir ihn vor zehn Jahren, nach unserer Rückkehr aus Venedig, gekauft hatten. Die Tankstelle erstreckte sich auf ebener Fläche entlang der Route nationale, in einem Bogen, der an einer Ost-West-Achse ausgerichtet war. Unsere Wohnung lag ganz im Osten und folgte der leichten Biegung; daran schloss sich mit einer großen Fensterfront das Büro an, das auch als Shop für den Verkauf von Autozubehör diente. Von dort gelangte man in die recht große Bar und von der Bar in die Werkstatt mit ihren zwei Räumen für Wartungsarbeiten und Reparaturen. Jeder Bereich, auch unsere Wohnung, ging direkt auf das Tankstellengelände hinaus. Weiter hinten, ganz im Westen, lag der Parkplatz, von den umliegenden Wiesen durch einen Zaun getrennt. Von der Route nationale war die Tankstelle mit ihren Zapfsäulen durch einen mit Sukkulenten bewachsenen Grünstreifen abgegrenzt, über dem die gelb-rote Leuchtreklame des Ölkonzerns prangte.

3

In jener Nacht kam Remedios später als gewöhnlich nach Hause. Der Nachtwächter hatte frei, die Tankstelle lag im frühen Licht der Morgendämmerung. Ein Auto setzte meine Frau vor dem Tankstellengelände ab. Ich beobachtete die Szene von der Küche aus durch die Schlitze der Jalousien. Remedios stieg mit gelöstem Haar aus und lehnte sich gegen die offene Wagentür. Sie plauderte ein Weilchen mit dem Fahrer, dessen Gesicht ich nicht erkennen konnte, aber mir war völlig klar, wer es war. Ich wartete hinter dem Fensterladen. Der Motor wurde abgestellt. Meine Frau, die ein Kleid trug, dessen Kragen mit Pailletten bestickt war, ging langsam um das Auto herum. Beim Gehen wiegte sie sich leicht in den Hüften, streifte die Karosserie, lehnte sich schließlich auf der Fahrerseite an den vorderen Kotflügel.

Dann suchte Remedios in ihrer Handtasche nach einer Zigarette. Ich warf mir hastig einen Blouson über die Schulter, schlüpfte in eine Arbeitshose, durchquerte unsere Küche, den Flur und trat ins Büro. Dort konnte ich ein gutes Stück von der Fensterfront entfernt das Gelände überblicken. Meine Frau hatte ihre Zigarette gefunden und unterhielt sich wieder mit dem Fahrer. Ich klopfte gegen die Glastür des Tankstellen-Shops, um meine Anwesenheit zu signalisieren, aber sie konnte mich nicht hören. Als der Fahrer nach gut fünf Minuten endlich das Fenster herunterließ, erkannte ich Walden, den Präsidenten des Handelsgerichts. Also öffnete ich die Tür und grüßte lautstark. Als Grund, warum ich zu dieser späten Stunde vor den Zapfsäulen stand, gab ich an, ich hätte Lärm gehört.

Ich war nicht böse auf Remedios, weil sie so spät nach Hause kam. Es war vielmehr Walden, der mir Sorgen bereitete. Er saß in seinem Wagen, den Ellbogen auf das heruntergelassene Fenster gestützt, das Autoradio leise gestellt, und sog die Nachtluft ein. Schließlich öffnete er die Autotür, um mir mit ausgestreckter Hand entgegenzukommen: Guten Morgen, Jean, Ich wollte … Ich wartete die Begrüßung gar nicht erst ab, sondern fragte ihn sogleich, ob er wisse, wie es um meinen Insolvenzantrag stehe, den ich vorigen Monat beim Handelsgericht eingereicht hatte. Was ihn aus der Fassung brachte: Lass uns später in Ruhe darüber reden, Jean, antwortete er.

Es war schwer hinzunehmen, dass Walden um vier Uhr morgens zusammen mit meiner Frau, die verlebt aussah, unter dem Vordach der Tankstelle stand. Und das sagte ich ihm auch. Walden erklärte, in diesem Fall, wenn ich die Dinge so auffasste, würde er uns beide lieber allein lassen, damit wir unsere familiären Probleme klären könnten. Er schloss die Fahrertür, drückte einmal auf die Lichthupe und gab Gas. Ich bereute schon, dass ich ihn so unfreundlich empfangen und ihm nicht wenigstens ein Gläschen angeboten hatte, immerhin hatte er gerade Remedios nach

Hause gefahren. Zumindest war es beruhigend, dass sie wieder zurück war. Doch Waldens Auto war bereits in der Nacht verschwunden.

Remedios hinkte beim Gehen leicht. Sie stützte sich an der Wand zwischen Shop und Bar ab und schlüpfte schließlich aus ihren Lackpumps. Auf Zehenspitzen steuerte sie auf mich zu und suchte dabei nach einer plausiblen Entschuldigung für die späte Heimkehr. Das war nicht nötig. Meine Frau hatte nichts zu befürchten, sie wusste sehr wohl, dass ich ihr keine Fragen stellen würde.

Ich reichte ihr einen Stuhl. Die Nacht war mild. Wir saßen vor der Tür zur Bar und sprachen über das gerichtliche Sanierungsverfahren der Tankstelle. Am besten wäre es, meinte sie am Ende des Gesprächs, die gute Beziehung zu Walden nicht aufs Spiel zu setzen und den Kontakt aufrechtzuerhalten. Wäre doch dumm, das Wohlwollen des Handelsgerichtspräsidenten nicht für deine Zwecke zu nutzen? Meinst du nicht, Jean? Er behandelt dich mit Respekt, sage ich dir, du solltest vorsichtiger sein, er ist ein wertvoller Verbündeter. Eine solide Freundschaft erleichtere in jeder Hinsicht die persönlichen Beziehungen, fügte meine Frau noch hinzu und warf mir meine schlechte Laune, meinen Mangel an Takt und Höflichkeit vor.

Bald würde der Tag anbrechen. Ich schaltete die Leuchtreklame aus und fegte den Asphalt um die Tanksäulen herum. Remedios verschwand im Schlafzimmer. Später, die Tankstelle hatte bereits geöffnet, schob ich mit einer Tasse heißem Kaffee in der Hand die Schlafzimmertür einen Spaltbreit auf und setzte mich auf die Bettkante. Meine Frau schlief noch.

4

Am späten Nachmittag ist Remedios im Morgenmantel erschienen. Während ich ihr in der Küche das Frühstück zubereitete, hat sie mich an den Termin mit Walden am darauffolgenden Tag erinnert. Ich würde mich mit einem Telefonanruf begnügen, erwiderte ich. Meine Frau versäumte es nicht, mich eindringlich daran zu erinnern, dass Walden uns nützlich sein werde angesichts der Scherereien, die der Insolvenzantrag mit sich brachte. Im Augenblick jedoch wollte ich lieber nichts mit ihm zu tun haben. Wie du willst, Jean, meinte sie. Danach streckte sie sich für den Rest des Tages auf einem Liegestuhl aus, der auf dem Rasenstück stand, das, geschützt vor den Blicken der Tankstellenkunden, hinter dem Gebäude an unsere Wohnung grenzte.

Ich fand es merkwürdig, dass Remedios an diesem Tag nicht wie sonst eine Verabredung in der Stadt hatte. Gewiss, es war Sonntag und sie war sehr spät zu Bett gegangen, sie sei eben müde, sagte sie, doch mir kam es ungewöhnlich vor. Am Abend döste sie am Gartentisch, während ich das Abendessen zubereitete. Remedios verlangte etwas Kaltes zu trinken, ich ging in die Bar der Tankstelle, um eine Flasche Wein zu holen.

Das Geräusch eines Werkzeugs, das in der Werkstatt

auf den Boden fiel, die sich an die Bar anschloss, ließ mich aufhorchen. Neben der mobilen Werkbank hantierte Usman, mein Automechaniker und Nachtwächter, der seine rote Schirmmütze trug, mit einem verstellbaren Schraubenschlüssel. Ich stellte die Weinflasche auf den Tresen und ging in die Werkstatt. Usmans rote Kappe berührte die Schiene der Hebebühne, auf der sich ein Wagen zur Inspektion befand. Er stand vor einem Rinnsal Öl, das aus dem Motor floss, und wischte sich gerade die Hände an einem mit Schmieröl getränkten Lappen ab.

Usman begrüßte mich und fragte, ob die Unterlagen zu seiner Entlassung, die die Gewerbeaufsicht geschickt hatte, noch auf meinem Schreibtisch lägen und ich die Entlassungsurkunde unterschrieben hätte. Alles in Ordnung, log ich. In Wirklichkeit hatte ich nämlich noch nichts unterschrieben. Er wischte sich noch einmal die Hände ab und erinnerte mich daran, dass er die Bestätigung unbedingt brauche.

Wenn Usman an einem Sonntagabend in der Werkstatt war, obwohl sie geschlossen hatte, musste ich befürchten, dass er nicht weggehen würde, bevor er nicht zusammen mit den Unterlagen seine Abfindung erhalten hätte. Er würde so lange dableiben, auf dem Tankstellengelände und in der Werkstatt herumlungern, bis ich ihm die Abfindung ausbezahlte, und zwar bitte in bar.

Eine Zigarette in der Hand, schnappte Remedios vor der Küchentür, an der Zufahrt zu den Zapfsäulen, frische Luft, als ginge sie das alles nichts an. Ich sah ihre Silhouette im Gegenlicht. Das Licht in der Wohnung hinter ihr umgab ihr Haar mit einem hellen Schein. Sie winkte uns von

Weitem zu, und ich schlug Usman vor, sich zu gedulden, bis ich seine Unterlagen wiedergefunden hätte.

Doch Usman bekräftigte, er müsse die ausgefüllte Urkunde unverzüglich bei der Gewerbeaufsicht abliefern. Und mir fiel ein, dass ich tatsächlich versprochen hatte, sie ihm zusammen mit seiner Abfindung auszuhändigen. Ich brachte also vor, Remedios würde ihm gleich einen Scheck ausstellen. Heute ist Sonntag, ein arbeitsfreier Tag, da habe ich nicht mit dir gerechnet, Usman, du verstehst.

Ich warte jetzt schon seit drei Wochen auf die Unterlagen, Monsieur Seghers, gab Usman zurück. Die ganze Zeit über habe ich nichts gesagt. Und weiter, die Augen auf den Boden gerichtet: Sie kennen doch Amina, meine Frau, sie erlaubt mir nicht, ohne die Papiere und das Geld nach Hause zu kommen. Sie könnten bei der Bank vorbeischauen und den Betrag am Geldautomaten abheben, das ist nicht weit von hier, ich begleite Sie gern, wenn Sie wollen. Ich schlug ihm vor, sich an die Bar zu setzen. Widerwillig nahm Usman mir gegenüber Platz.

Ich könnte dir ein Pfand geben, Usman. Ich bitte dich nur, meiner Frau gegenüber nichts zu erwähnen. Und warum sollte ich nicht mit der Chefin darüber sprechen? Weil es sie nichts angeht. Ich nehme mein Armband ab: Das ist für dich, es ist aus Gold … Usman winkte ab. Der Schmuck gehört dir, du kannst Amina sagen, er sei eine Anzahlung, achtzehnkarätiges Gold. Ich hielt ihm das Armband hin, ein Geschenk von Remedios von unserer Hochzeitsreise nach Venedig.

Usman wich zurück: Eben. Wenn es ein Hochzeitsgeschenk ist, nehm' ich es lieber nicht, es ist mir unangenehm, deshalb bin ich nicht gekommen ... Erinnern Sie sich an den Tag, als Sie mir sagten, dass Sie Insolvenz anmelden würden, da haben wir über meine Abfindung gesprochen. Sie wussten also, dass ich das Geld einfordern würde, daran hätten Sie denken müssen. Auf mein Drängen hin nahm Usman mein Armband in die Hand. Er wog es zwischen zwei Fingern, ließ es vom Daumen zum Ringfinger und dann in die Handfläche gleiten und steckte es mit angespannter Miene in die Tasche.

5

Pünktlich zu dem Termin, den Walden mir in einer Mail an Remedios genannt hatte, fand ich mich beim Handelsgericht ein. Die Sekretärin bat mich, ihr zu folgen: Monsieur Walden erwartet Sie. Als ich in sein Büro trat, erhob sich der Präsident, er fragte mich, wie es mir gehe, ob ich letzte Nacht trotz des ärgerlichen Zwischenfalls in Gegenwart meiner Frau gut geschlafen hätte, und ob ich nach diesem schönen Ruhetag die Sache mit etwas mehr Klarblick sähe. Walden hatte einen Vorschlag. Er unterbreitete ihn mir und beobachtete mich dabei aufmerksam. Er müsse meine Antwort richtig einschätzen können, erklärte er und fuhr nach einem längeren Moment des Schweigens fort, er habe schließlich doch ein Mittel gefunden, mir zu helfen. Ich fragte ihn, was er darunter verstehe, mir zu helfen. Ganz einfach, Jean, ich habe eine Arbeit für dich gefunden und schlage dir vor, einen Teil deiner Schulden zu tilgen. Der Präsident des Handelsgerichts hatte die Lage reiflich überdacht. Sein Vorschlag schien machbar, das sagte er mit einer gewissen Feierlichkeit. Es fehle nur noch meine Zustimmung. Er dachte an einen Rückkauf des Unternehmens unter Mitwirkung eines Pensionsfonds, in sechs Monaten. Das ist eine gute Nachricht, oder? Ich wandte ein, eigentlich sei das Unternehmen seit meinem Insolvenzantrag nichts mehr wert. Doch laut Walden war das nicht von Bedeutung. Er könne warten. Zu einem späteren Zeitpunkt würde er mich dann als Geschäftsführer einsetzen, somit bliebe ich dem Unternehmen als Angestellter erhalten.

6

Vom Handelsgericht aus bin ich zu meiner Mutter Dolores gefahren, die in einem Villenviertel im Norden der Stadt lebt. Dieser Überraschungsbesuch sollte auf ein kleines Darlehen aus ihren Ersparnissen hinauslaufen, das ich binnen sechs Monaten zurückzahlen wollte. Damit würde ich, rechtfertigte ich mich, Licht am Ende des Tunnels sehen. Doch ich konnte auf meine Mutter einreden, so viel ich wollte, sie ließ sich unter keinen Umständen überzeugen, ihrem Sohn zu helfen. Sie wollte mir stattdessen von einem Ereignis erzählen, das ihr Leben verändern würde: ihr neuer Lebensgefährte. Über den haben wir dann auch geredet, doch zuerst erkundigte ich mich nach der Seriosität der Partnervermittlung, an die sie sich gewandt hatte, denn die Entscheidungen meiner Mutter waren mir immer ein wenig suspekt.

Seitdem sie in Rente gegangen war, hatte sich Dolores einen Nebenjob als Reisebegleiterin zugelegt. Sie war viel unterwegs, meist mit dem Bus, und reiste als ehrenamtliche Reiseführerin mit einem Veranstalter von Kulturreisen, wie sie sich ausdrückte, kreuz und quer durch Frankreich. Den Mann, den sie als ihren neuen Lebensgefährten bezeichnete, hatte sie bei einem Date kennengelernt. Nach weiteren Rendezvous lud sie ihn ein zum Besuch eines

Wasserkraftwerks am Rhein, was sich in dem Versprechen auszahlte, eine Lebensgemeinschaft mit ihr einzugehen.

Was das betraf, so muss ich zugeben, dass ich nicht die geringste Lust hatte, mir anzuhören, was meine Mutter über ihre Männerbekanntschaften zu erzählen hatte, und schon gar nicht, dass dieser Mann, der Salazar hieß, in Kürze bei ihr einziehen würde, vielleicht sogar schon da wäre, wenn ich mich verabschieden würde. Meine Mutter kümmerte es nicht besonders, ob ich meine Schulden zurückzahlte oder nicht. Sie meinte, ich solle besser den niedrigen Zinssatz nutzen und mir das Geld von der Bank leihen. Damit bei ihr die Alarmglocken klingelten, teilte ich ihr mit, dass wir auf unsere Tankstellen-Wohnung eine Hypothek aufgenommen hatten. Doch nichts konnte sie umstimmen. Sie ging in die Küche, wo sie lange blieb, um Kaffee zu kochen, den Kuchen aus dem Zellophanpapier auszupacken, das Gedeck auszuwählen, die Mini-Berlingots mit Puderzucker zu bestäuben. Ich fühlte mich also genötigt, gegen ihren Willen in ihr Schlafzimmer einzudringen, schnell den Schrank zu öffnen, hastig das übliche Fach mit dem Tafelservice zu durchsuchen, einige Scheine aus einem Umschlag zu nehmen, der in der Suppenschüssel steckte, und zurückzukehren.

Meine Mutter gab kein Geld aus, ohne vorher nachzurechnen. Sie war sehr sparsam, aber über die Summe ihrer Einkünfte aus der monatlichen Rente führte sie nicht Buch. Wir sprachen nie darüber – doch mein Vater musste ihr natürlich keine Zusatzrente zahlen. Ich konnte mir folglich bei ihr ein wenig Geld borgen, ohne dass es ein Drama war. Was riskierte ich schlimmstenfalls? Eine unangenehme Bemerkung beim nächsten Besuch, was in diesem Fall, wie ich meinte, absolut verständlich wäre. Dolores kam aus der Küche zurück und tischte mir auf. Dann unterhielten wir uns über die Veränderung in ihrem Leben, und auf meine Bitte hin und anders, als sie sich gewünscht hätte, erging sie sich nicht darin, von ihren intimen Zusammenkünften mit Salazar zu berichten, denn sonst hätte ich mich unbehaglich gefühlt. Ich musste einsehen, dass Dolores wieder mal ein neues Leben begann, und sie versprach, zum nächsten Barbecue zu kommen, doch Achtung, sie sei jetzt nicht mehr allein.

7

Am selben Abend habe ich Amina mit ihren beiden Kindern vor der Tankstelle gesehen, die Kinder spielten am Rand der Fahrbahn Fußball. Aminas Anwesenheit überraschte mich. Usman schraubte an seinem Auto herum. Ich erlaubte mir also, Amina in unsere Wohnung zu bitten. Die Wohnzimmertür, die zum Rasen hinausging, stand offen. Ich bat sie, auf einem der Sessel Platz zu nehmen und sich kurz zu gedulden. Ich würde gleich zurückkommen, wolle nur kurz Remedios Bescheid geben, die sich über ihren Besuch freuen würde.

Stattdessen ging ich in die Werkstatt zurück, um ein Gespräch mit meinem Nachtwächter zu führen. Der stellte klar, er warte immer noch auf seine Unterlagen, ordnungsgemäß von mir ausgefüllt, das sei die Voraussetzung für die Rechtmäßigkeit seiner Kündigung. Er fragte also, ob ich die verdammte Urkunde wiedergefunden hätte. Ich will ehrlich zu dir sein, Usman, so wie ich immer ehrlich zu dir war, ich habe es noch nicht geschafft, danach zu suchen, folglich kann ich dir auch die Abfindung für die Entlassung jetzt nicht sofort auszahlen. Aber ich habe auch eine gute Nachricht, Usman, hier ist eine Abschlagszahlung. Ich gab ihm das Geld, kleine und mittlere Scheine, die ich aus Dolores' Schrank genommen hatte.

Misstrauisch öffnete Usman den Umschlag und sah mir dabei in die Augen, dann richtete er den Blick auf den Umschlag. Ich fragte ihn, ob das genüge. Er brauchte einige Zeit, nahm einen Schein nach dem anderen in die Hand und legte ihn auf die Werkbank. Er warf auch einen Blick auf seine Kinder, die noch immer in der prallen Sonne am Rand der Fahrbahn spielten, zwischen den Autowracks am Ende des Parkplatzes. Ich muss das erst nachzählen, Monsieur Seghers. Es dauerte eine Ewigkeit. Als Usman die letzte Banknote hinlegte, sagte er: Ich habe zwei Anläufe unternommen, Monsieur Seghers, dieser Betrag reicht hinten und vorne nicht. Doch zugleich schien mein Mechaniker der Ansicht zu sein, dass es ein Schritt in die richtige Richtung sei. Das ermutigte mich. Ich bestand darauf. Es hätte auch schlechter ausgehen können, Usman. Dann steuerte ich die Küche an.

Remedios und Amina saßen am Tisch und unterhielten sich. Ich begrüßte noch einmal Amina, die mir die Hand entgegenstreckte. Mit großer Zufriedenheit teilte ich ihr mit, bei Gott, alles stehe bestens, und erkundigte mich vorsichtshalber, um Aminas Ungeduld zu ermessen, ob es Usman auch gut gehe. Seine Frau erwiderte, was mir gar nicht gefiel, in unfreundlichem Ton, sie wolle vor allem wissen, ob ich ihrem Mann sein Geld gegeben hätte. Ein wenig ängstlich, wie mir schien, fügte sie hinzu: Sie müssen verstehen, Monsieur Seghers, ich würde gern ruhigen Gewissens mit meinen Kindern nach Hause zurückkehren.

Usman erschien. Er grüßte Remedios und drückte unverzüglich den Wunsch aus, mit der Chefin zu sprechen. Als er sah, dass ich nicht reagierte, bat er mich um Erlaubnis dazu. Ein wenig überrumpelt, gab ich sie ihm: Klar, Usman, du kannst mit ihr reden, wann immer du willst. Doch Remedios hatte sich nicht gerührt. Sie fragte meinen Mechaniker, ob der Betrag hinkomme, und Usman beklagte sich, der pro Monat berechnete Betrag sei zu gering. Remedios stand auf und ging ins Schlafzimmer. Von meinem Platz aus sah ich im Spiegel des Frisiertischs, wie sie ihre auf dem Bett abgestellte Handtasche öffnete, darin kramte, ihren Geldbeutel herausholte, mit ihm herumhantierte, ihn dann wieder in die Handtasche gleiten ließ.

Da ich mich auf meine Frau konzentrierte, hörte ich, ohne die Ohren gespitzt zu haben, das Klicken des vergoldeten Verschlusses ihrer Handtasche. Sie kam zurück, hielt meinem Wachmann Geld hin und fragte ihn, ob er diesmal glücklich sei, ob es so passe? Usman gab zurück: Ich warte schon seit Wochen darauf, die Abfindung für meine Kündigung zu bekommen, insofern passt mir das natürlich, doch glauben Sie nicht, Madame Remedios, dass ich deswegen glücklich bin, denn dieses Geld, das vergesse ich nicht, steht mir zu. Und wenn ich Sie daran erinnern darf: Man schuldet mir nach wie vor meine Beteiligung am Verkauf des Zubehörs.

Ich drängte Usman, ein wenig Geduld aufzubringen, mein Gott, das werden wir auch noch hinkriegen. Es dauert nicht mehr lange bis zu meiner letzten Nachtwache, erwiderte er mit düsterem Blick, deshalb sage ich Ihnen klipp und klar, Chef, ich möchte das Geld haben, solange noch Zeit dafür ist. Eins ist so gut wie sicher, wenn Sie mich nicht jetzt ausbezahlen, bin ich gezwungen zurückzukommen, und dann fängt alles von vorne an, Sie werden neue

Ausreden erfinden und ich bleibe auf meinen Forderungen sitzen.

Amina ging hinaus zu ihren Kindern vor dem Büro, um dort auf ihren Mann zu warten.

Ich nahm Usman zur Seite, legte meine Hand auf seine Schulter, und nach ein paar Schritten fanden wir uns in der Werkstatt wieder. Die Ellbogen auf die Werkbank gestützt, gab Usman seiner Enttäuschung Ausdruck. Ich antwortete ihm: Usman, ist dir klar, welche Anstrengungen wir unternehmen, um dich und deine Familie zufriedenzustellen? Zum Kuckuck ... Du siehst doch, dass wir tun, was wir können! Der Ball der Kinder flog in die Werkstatt, sein Jüngster kam, um ihn zu holen. Der Ball rollte mir zwischen die Beine, ich schoss ihn direkt zur Tür und spürte einen stechenden Schmerz im unteren Rücken. Das Kind lief vergnügt hinaus. Danke, Monsieur Seghers! Usman befahl ihm mit erhobenem Tonfall, immer schön höflich zu seinem Chef zu sein.

Dann schlug er mir zu meinem großen Erstaunen vor, ins Büro zu gehen: Dort könnten wir uns ungestört unterhalten. Und nachdem wir eingetreten waren, legte er mir ein Papier vor, eigentlich die Rückseite eines zerknitterten Umschlags aus Packpapier, mit eingerissenem Rand und Schmierölflecken, und bat mich, während ich meine Rückenschmerzen ausblendete, ein Schuldanerkenntnis zu unterschreiben. Aber warum, Usman? Ich schulde dir fast nichts mehr. Eine reine Vorsichtsmaßnahme, Monsieur Seghers, mir dauert das alles zu lange. Mit lauter Stimme rechnete er schnell den Gesamtbetrag aus. Und ich unterschrieb. Als er sah, dass ich meine Unterschrift unter den Text gesetzt hatte, nahm Usman den Umschlag wieder an sich: So ein Papier kann immer nützlich sein, nicht wahr, Monsieur Seghers? Usman faltete den Umschlag einmal, bevor er ihn in die Innentasche seines Blousons steckte. Ich gesellte mich wieder zu Remedios.

8

Am folgenden Samstag habe ich kurz vor Mittag die Marinade für das Fleisch vorbereitet, die Spareribs und die in einer Mischung aus Kräutern und rotem Paprika gewendeten Lammkoteletts gepfeffert, wie ich es häufig machte, wenn ich nahe Verwandte, das heißt, meine Mutter, einlud.

Dolores traf gegen dreizehn Uhr ein. Zusammen mit ihrem neuen Lebensgefährten bezog sie für die Nacht das Gästezimmer. Offensichtlich hatte sie nichts von meinem Darlehen gemerkt, denn sie begrüßte mich ohne jede Andeutung. Aber warten wir 's ab, nichts ist sicher ... Unter dem Vorwand nachzusehen, ob ihre Nachttischlampe eingesteckt ist, fragte ich sie, ob der Mann in ihrer Begleitung jener Salazar sei, von dem sie mir neulich erzählt habe. Meine Mutter bejahte dies. Sie beklagte sich über meinen Unwillen, ihr zuzuhören, hatte sie doch bei meinem letzten Besuch ihren neuen Lebensgefährten erwähnt. Dieser Vorwurf bestätigte mir, dass sie nach meinem Besuch ihre Ersparnisse im Schrank nicht überprüft hatte. Ich antwortete also, ich sei jetzt bereit zuzuhören, sie könne mir gerne vom Abenteuer mit ihrem neuen Freund erzählen. Wir unterhielten uns eine Weile, und ich beendete das Gespräch, als sie gerade von ihrem Spaziergang am Rhein erzählte und ich sah, dass Salazar bequem im Sessel am Rand des Rasens saß und einen Aperitif in der Hand hielt.

Schließlich ging ich zu Remedios zurück, die gerade das letzte Blech mit Blätterteigkuchen aus dem Ofen holte. Salazar erschien im Türrahmen, eine Hand in der Hosentasche, in der anderen sein Glas. Er trug einen karminroten Pullunder mit V-Ausschnitt, ein blasses, oranges Hemd und eine hellgraue Hose, die in Stoßfalten über bequeme cremefarbene Mokassins mit dicken Sohlen fiel. Er freue sich, meine Bekanntschaft zu machen, meine Mutter habe ihm viel von mir erzählt. Er wolle die Gelegenheit beim Schopf packen und fragen, ob ich nicht Hilfe in der Tankstelle brauchen könne, er habe gerade Zeit, und da ich ihn nicht davon abbringen konnte, erwiderte ich, ich würde bald den Laden schließen. Salazar wirkte etwas betreten und wollte wissen, ob es an Fehlentscheidungen bei der Geschäftsführung gelegen habe, dass es so weit gekommen sei. Ich stritt jeglichen Fehler meinerseits ab, es sei einfach so, rechtfertigte ich mich, dass ich Lust hätte, etwas anderes zu machen, aber keine Sorge, Salazar, die Tankstelle wird bestimmt einen Käufer finden.

Seiner Meinung nach kämen solche Pleiten häufig vor. Und wenn das der Fall sei, meinte er weiter, während er an der Wand lehnte und mangels Beschäftigung sein leeres Glas in der Hand drehte, müsse man die Schuld bei sich selber suchen. Er zum Beispiel sei Maurer gewesen. Als ich in Rente ging, er streckte mir sein Glas hin in der Erwartung, dass ich es auffüllte, ging es meinem Geschäft weiter prächtig, obwohl ich aufgehört hatte. Und wenn ich jetzt ab und zu arbeite, fuhr er fort, tue ich das nur, um meine

Rente aufzubessern. Ich will nicht aufdringlich sein, Jean, aber falls Sie Interesse haben, gehe ich Ihnen gerne zur Hand. Dolores hat mir erzählt, dass Sie viel um die Ohren hätten, sie sagte auch, Sie seien nicht der geborene Handwerker, Sie können sich jederzeit an mich wenden. Der nächste Inhaber, erwiderte ich, sei allerdings einer von uns. Tatsächlich hatte ich gerade Walden gesehen, der mit einem Weinkarton unter dem Arm über den Asphalt kam, die Flasche sei für mich, verkündete er, und die Pralinen in der knallbunten Pralinenschachtel für Remedios.

Walden nutzte seinen Besuch, um einen Blick in die Garage zu werfen. Ich ging zu ihm. Er unterhielt sich mit Remedios. Als ich die Tür öffnete, erzählte er meiner Frau, als Nächstes würde er ein Modegeschäft im Stadtzentrum kaufen. Ich zeigte ihm die Räumlichkeiten: Meiner Meinung nach, und wie ich dich kenne, Xavier, hast du bestimmt schon eine Vorstellung von der Umgestaltung nach der Übernahme. Ich hatte recht, denn obwohl Walden die Werkstatt nie zusammen mit mir besichtigt hatte, verhielt er sich, als würde er sich bestens auskennen. Ich schloss daraus, dass er bereits bei der Prüfung des Insolvenzantrags, der Lage der Geschäftsräume und des Inhalts der Rechnungsbücher seine Anhaltspunkte gefunden hatte, und das mehr mithilfe von Remedios als mit mir.

Doch das war nicht meine einzige Sorge: Bei der Rückkehr aus der Werkstatt äußerte ich gegenüber Remedios meine Zweifel hinsichtlich Salazar. Meine Frau meinte, ich würde mich irren, ich solle meiner Mutter mehr Aufmerksamkeit schenken, mehr auf ihre eigenen Pläne achten. Salazar kam zurück. Seine Gegenwart ging mir auf die Nerven, ich hatte keine Lust, das Gespräch mit ihm wiederaufzunehmen. Dann sah ich, dass Usman mit seinem Wagen eintraf, um seinen Dienst anzutreten, seine letzte Nachtwache.

9

In der Nacht wachte ich auf und stellte fest, dass ich allein im Bett war. Es war kurz vor vier. Ich hörte Remedios in der Küche, unter der Tür war ein Lichtstreifen zu sehen. Ich stand auf, zog mir kurzerhand eine Hose und ein T-Shirt über, aber in der Küche war niemand. Ich zog den Vorhang auf, öffnete die Fensterläden. Die Tankstelle lag verlassen da. Aus dem Büro drang gedämpftes Licht, sicher döste der Nachtwächter schon, denn es gab keine Kunden. Nur ein Sattelschlepper parkte entlang der Parkplätze am Ende der Anlage. Sein Umriss zeichnete sich unter der Leuchtreklame des Mineralölkonzerns ab. Die Neonröhren unter der Überdachung funktionierten nicht, aber die Zapfsäulen waren erleuchtet. Nichts Ungewöhnliches. Ich vermutete Remedios in der Bar, mit den Ellbogen auf den Tresen gestützt, vor einem Glas Wein sitzend.

Bei offenem Fenster inspizierte ich die Umgebung der Tankstelle zur Route nationale hin und stieß die Pendeltür zum Flur auf, der in die Bar führte. Ich rief leise nach meiner Frau, doch dann hatte ich das Gesicht von Walden vor Augen: Der Präsident des Handelsgerichts, schön und gut, ich war dabei, die gleiche Geschichte wiederzukäuen, zugegeben, man konnte ihn für einen Freund halten, der uns schon manchen Dienst erwiesen hatte, doch manchmal wäre es mir lieber, er mischte sich nicht in unsere Angelegenheiten ein. Auch die Art, wie er mit meiner Frau umging, gefiel mir nicht. Komm, Seghers, du bist nicht mehr bei Trost, ermahnte ich mich, hör gefälligst auf, von Walden zu sprechen. Was der Präsident des Handelsgerichts macht, geht dich nichts an, es geht in erster Linie um Remedios, und ich öffnete die Tür zur Bar. Schritte.

Anders als ich vermutet hatte, saß meine Frau nicht am Tresen. Ich drehte eine Runde durch den Raum, ging hinter der Kasse vorbei. Nichts. Dann schnüffelte ich mal da, mal dort herum, ob Remedios nicht zufällig irgendwo saß, den Kopf in den Armen, und vor sich hin döste, wie ich mir ausmalte und wie ich sie manchmal abends vorgefunden hatte, wenn sie das Bedürfnis empfand, allein zu sein.

Ich stand in der Mitte des verlassenen Raums und rief noch einmal nach ihr. Es war jetzt vier Uhr früh, und ich kam mir ein wenig lächerlich vor. Ich trat aus der Bar hinaus ins Halbdunkel der Werkstatt, stapfte über herumliegende Werkzeuge, Kabelbäume und wäre beinahe auf einer Öllache in einer Mulde des Betonbodens ausgerutscht. Nach einem Gang zur Altölgrube, wobei ich verpackten Autobatterien, Ersatzteilen und Reifensätzen auswich und unwillkürlich die Summe überschlug, die ich Walden hinsichtlich der Übernahme noch nennen musste, beendete ich den Inspektionsrundgang durch die Werkstatt an der Hebebühne, wo ich mich am Schweißgerät stieß, und schaltete die Stablampe ein, die an einem Nagel hing.

An den Ziegelwänden tanzte mein Schatten im Takt meiner Bewegungen. Mir fiel ein, wie ich in den ersten Tagen unter der Tankstellen-Überdachung den Anstecker mit dem Logo des Ölkonzerns am Kragen meines weißen Kittels zur Schau trug, wie es Berthomieu, der Handelsvertreter, verlangt hatte. Ich erinnerte mich an die Glückwünsche der Verantwortlichen für das Gebiet Elsass-Franche-Comté, die ich in den ersten Wochen dafür erhalten hatte, dass ich die Kundschaft der Tankstelle rund um die Uhr bediente. Ich hatte damals auch nachts geöffnet, denn mein Ziel war es, nach zwei Jahren eine Autobahntankstelle zu leiten. Stellen Sie sich vor: Remedios als Sekretärin, verantwortlich für die Buchhaltung, Vertragstankstelle Seghers, mein Name in Großbuchstaben am Eingang, an der Autoroute du Soleil im Rhônetal. Alles für den Erfolg. Dahinten hat sich etwas bewegt, in einer Ecke neben der Wohnung. Ich trat einen Schritt nach vorn, dachte zuerst an einen streunenden Hund.

Und dann hörte ich jemanden meinen Namen rufen. Ich trat aus der Werkstatt und stand auf dem Asphalt. Auf dem Tankstellengelände zwischen Wohnung und Route nationale stand meine Mutter. Sie trug einen marineblauen Trainingsanzug über dem gelben Trikot des FC Sochaux. Ich fragte sie, was sie hier mache …? Um diese Zeit? Das ist doch unvernünftig …! Sie schnappe Luft, weil sie nicht schlafen könne. Dolores ließ es sich nicht nehmen, mich daran zu erinnern, dass ich ihr beim letzten Mal einen Fernsehapparat ins Zimmer gestellt hatte. Sie konnte Tennis schauen, die Australian Open in Melbourne, aber dieses Mal: kein Fernsehen. Ich warnte sie, wie gefährlich es sei, um diese Uhrzeit an der Route nationale zu stehen, in ihrem Alter, denn es gab schon viel Verkehr. Sie bewegte sich ein wenig auf den Lichtkegel zu, den eine Laterne auf der anderen Straßenseite warf, dann bat sie mich, ihr zu verraten, was ich um diese Zeit draußen verloren hatte. Ich sagte nicht, dass ich auf der Suche nach Remedios war. Ich könne keinen Schlaf finden, antwortete ich. Wir hätten beim Barbecue zu viel getrunken, und ich hätte Kopfschmerzen. Von Weitem hörte ich meine Mutter fragen, ob ich Probleme hätte, dann, nach einer kleinen Weile, ob meine Ehe so verlaufe, wie ich es mir vorstellte. Ich antwortete sofort, dass Remedios schlafe und ich nur ein bisschen Luft schnappen würde. Es gebe keine Probleme und habe nie welche gegeben. Dolores fragte weiter, wie es denn so gehe, ob ich mir Sorgen wegen der Tankstelle machte. Sie hatte das Gefühl, dass irgendetwas nicht stimmte. Und um nicht von Remedios und Walden sprechen zu müssen, rief ich ihr in Erinnerung, dass ich anfangs die Absicht hatte, eine andere Tankstelle desselben Ölkonzerns zu übernehmen, eine größere, mit höheren Umsätzen, und Remedios sei natürlich mit dabei. Jetzt trat meine Mutter wieder in die Dunkelheit. Ich sah nur noch zart ihre Silhouette, aber ich konnte sie klar und deutlich hören. Sie sagte: Angenommen, es kommt so, meinst du, deine Frau ist bereit mitzukommen? Selbstverständlich, gab ich zurück, warum zweifelst du daran, Maman? Ich schlug Dolores vor, die weiter im Dunkeln stand, sie am Arm zurückzuführen. Danke, Jean, das schaffe ich noch allein, und ich stellte ihr die Frage, ob sie irgendetwas Ungewöhnliches gesehen habe? Nein, alles gut, antwortete sie. Ich machte kehrt und marschierte ans andere Ende der Tankstelle. Meine Mutter machte sich auf den Weg zur Wohnung, um in ihr Zimmer zurückzukehren. Ich beobachtete aufmerksam, wie sie das Gelände überquerte, bevor sie mir mit einem Winken eine gute Restnacht wünschte und hinter der Küchentür verschwand.

Als ich an das Absperrgitter gelangte, das den Parkplatz begrenzte, erblickte ich mein eigenes Auto mit beschlagenen Scheiben. Aus dem Innenraum drang ein Flüstern zu mir, und ich brachte mich in Deckung. Die Fahrertür ging auf, Remedios stieg aus.

Instinktiv suchte ich auf dem dunklen Parkplatz nach Waldens Auto, doch vergebens, lautlos zog ich mich in Richtung Werkstatt zurück. Die rechte Fahrertür ging auf. Im Licht der Straßenlaterne erschien Usman und ging zu Remedios hinüber. Gemeinsam marschierten sie Richtung Bar. Offensichtlich achteten sie darauf, nicht das geringste Geräusch zu machen. Als die Luft ihnen ein leises Klirren zutrug, das aus der Küche kam, erstarrte Remedios sofort und spitzte die Ohren. Ich wusste, der Lärm kam von meiner Mutter, die in ihr Schlafzimmer zurückkehrte. Ich überholte die beiden, indem ich den Weg durch die Bar nahm, ohne dort zu verweilen. Doch dann wartete ich auf einem Beobachtungsposten hinter der Tür, die zur Wohnung führte.

Remedios setzte sich an den Tresen, ohne sich die Mühe zu machen, die Tür hinter sich zu schließen. Draußen blieb die Beleuchtung der Zufahrt unter der Überdachung ausgeschaltet, ein Zeichen, dass Usman nicht sogleich wieder auf seinen Posten ging. Meine Frau warf sich ihm in die Arme, als er zu ihr an den Tresen kam. Ich rührte mich nicht und sah zu, wie sie sich küssten und dann einander befummelten, und in diesem Augenblick stellte ich fest, dass Remedios mich nie so leidenschaftlich geliebt hatte. Später nahm sich der Nachtwächter ein Glas und schenkte sich einen Drink ein.

Es wäre höchste Zeit gewesen, ins Schlafzimmer zurückzukehren, doch ich gab mir noch einen Moment, um sie bei ihrer Umarmung zu beobachten. Von dem Moment an wurden meine Gedanken klarer, geschmeidiger, und augenblicklich nahmen die aufeinanderfolgenden Schritte meines künftigen kriminellen Projekts Punkt für Punkt Gestalt an. Dieses Projekt würde ich erfolgreich umsetzen. Zuerst ging es darum, in Usmans Familie Unfrieden zu stiften, da Usman nicht gezögert hatte, selbigen in meiner zu stiften.

10

Mein erster Reflex an diesem Morgen war es, den Beipackzettel des Medikaments zu entschlüsseln, das meine Frau gekauft hatte, damit ich meine Ängste in den Griff bekam. Noch bevor Remedios wach wurde, schaute ich bei der Apotheke vorbei, die am Sonntag Notdienst hatte, und erfuhr, dass dieser Pillentyp eine winzige Dosis Schlafmittel enthielt.

Nachdem sie lange nach meiner Rückkehr von der Apotheke am späten Vormittag aufgestanden war, fragte ich meine Frau, wie es ihr gehe. Ich schlug einen bewusst ungezwungenen Ton an, vage genug, damit sie sich keine Sorgen machte. Ich hatte beschlossen, so zu tun, als wäre in der Nacht zuvor nichts geschehen.

Während ich das Tablett mit dem Frühstück auf dem Gartentisch abstellte, erinnerte ich an Usmans erste Tage im Unternehmen, vor sieben, acht Jahren. Ich suchte nach einer Anekdote, die ich beiläufig erzählen konnte, als würde ich mich auf eine nette Art und ohne irgendwelche Folgen über meinen Nachtwächter lustig machen, denn ich wollte wissen, wie es so weit gekommen war. Ich goss also den Tee auf und erwähnte ganz harmlos die folgende Begebenheit, weiß der Geier, warum mir gerade diese eingefallen war: Einmal hatte Usman ungeschickterweise Batteriesäure auf dem Arbeitskittel verschüttet, den das Unternehmen stellte. War das nicht lustig, Remedios? Wie die Schöße seines Kittels und die Hose von Säuretropfen zerfressen wurden?, spöttelte ich amüsiert, während ich ihr eine Scheibe Brot schmierte, was meiner Frau offenbar gar nicht zu gefallen schien, die kein Wort sagte, sich die Nägel feilte, unter ihrem Bademantel die Beine übereinanderschlug, aber am Frühstückstisch sitzen blieb.

Ich hatte das starke Bedürfnis, über Usman zu sprechen: Der Junge war bettelarm, erinnerst du dich, Remedios, und heute sind wir so weit, dass er eine Abfindung von mir verlangt. Da meine Frau noch immer nichts erwiderte, stellten sich mir Fragen, die ich nicht erwartet hatte: Wusste Walden von der Beziehung zwischen meiner Frau und Usman? Und dann: Sollte ich Remedios darauf ansprechen, oder wäre es besser, wenn sie nichts von meiner Entdeckung in der Nacht wüsste?

Meine Mutter kam aus dem Gästezimmer. Sie hatte ihr Outfit gewechselt. Ich fragte sie, was sie mit ihrem Trainingsanzug gemacht habe. Es war früh am Nachmittag und sie trug eine gestreifte Bluse. Das schwarz-weiße Muster schmeichelte ihrer Figur nicht, ebenso wenig wie die Bluse mit dem Blumenmuster, und ich wunderte mich, dass Salazar sie nicht darauf aufmerksam gemacht hatte, wo er doch, soweit ich es hatte beobachten können, geschmackssicher gekleidet war. Ich behaupte nicht, Maman, dass dein neuer Lebensgefährte einen guten Geschmack hat, aber er achtet wenigstens auf seine Kleidung. Meine Mutter antwortete, die Teekanne und den Brotkorb davontragend: Lass Salazar in Ruhe, besser, er mischt sich nicht in unsere Gespräche ein, im Übrigen fühlt er sich nicht sehr gut, er hat gestern zu viel getrunken. Ich ging vor ihre Zimmertür, öffnete sie nur einen Spaltbreit und fragte Salazar mit ruhiger Stimme, wie er sich fühle, um Remedios, die misstrauisch geworden war, seit ich so wohlwollend über Usman redete, meine augenblickliche Entspanntheit zu signalisieren. Salazar antwortete nicht. Meine Mutter stieß mit dem Fuß die Tür zu und erklärte, das Tablett in den Händen, er habe die Nacht über nicht geschlafen.

Also ging ich, nachdem ich den Frühstückstisch abgeräumt hatte, wieder in mein Schlafzimmer und betrachtete die Pillendose. Ich konnte mich einfach nicht zurückhalten und fragte meine Frau, ob sie dafür gesorgt habe, dass mir das Medikament verschrieben worden war. Sogleich befürchtete ich irgendeinen Fauxpas meinerseits. Doch Remedios schien nichts bemerkt zu haben.

Später am Tag gesellte sich Salazar zu unserer Runde. Er versprach mir wiederzukommen, um ein paar geringfügige Renovierungsarbeiten auszuführen. Sie verstehen schon, Jean, wiederholte er sich, ich bin im Ruhestand, für mich zählt die Zeit nicht.

Da ich nach dieser Nacht noch immer ein sehr ausgeprägtes Bedürfnis hatte, über Usman zu reden, erkundigte ich mich, sobald meine Mutter und ihr Lebensgefährte gefahren waren, bei Remedios, wie sie das Verhalten unseres Nachtwächters seit dem Insolvenzantrag einschätze, und zwar ganz beiläufig, denn ich befürchtete, sie könnte den Eifer, mit dem ich ihr Fragen stellte, irgendwie seltsam finden. Als Remedios erwiderte, dass sie darüber nichts wisse, wechselte ich das Thema. Erinnerst du dich an das erste Jahr, als wir beinahe die Autobahntankstelle gekauft hätten? Remedios erinnerte sich vor allem daran, dass wir es nicht getan hatten. Wir waren zu unerfahren, fügte sie hinzu. Und warum haben wir unsere Chance nicht in den darauffolgenden Monaten genutzt, Remedios? Anfangs haben wir gute Ergebnisse erzielt, wenn ich mir die Umsätze der ersten Jahre so anschaue.

Ich fragte sie, und kam damit auf ihren Liebhaber zurück, ob sie es bedauere, dass wir Usman eingestellt hatten. Sie erinnerte mich daran, dass es anfangs darum gegangen sei, die Sozialabgaben zu senken, wir machten keine Verluste, im Gegenteil, und sie wies mich auf das hin, was ich damals gesagt hatte: Ich betrachte Usman wie einen Sohn. In dieser Hinsicht hätte ich oft mein Wort gebrochen, warf sie mir vor. Remedios hatte nicht unrecht, wie mir sofort in den Sinn kam: Ich hatte dem Mechaniker in der Tat einen prozentualen Anteil am Verkauf des Autozubehörs versprochen, und Usman hatte das nicht vergessen. Sie rief mir auch in Erinnerung, dass ich in den ersten Monaten mit ihm zum Angeln und zum Bowling gegangen sei. Nach und nach hätten wir uns einander angenähert, erinnerte sie sich.

Und warum, fragte ich mich, ist mir Usman so sehr ans Herz gewachsen? Du weißt, Remedios, dass ich die Antwort kenne: Weil ich mich manchmal allein fühlte. Schweigen. Den Rest behielt ich für mich: Es gab Walden, und mit Unterstützung des Präsidenten des Handelsgerichts war Remedios als Sekretärin in Teilzeit beim Inkassounternehmen Contentieux Universel angestellt worden. Dementsprechend habe ich meine Sorgen hinsichtlich Remedios in Jahren bemessen.

Ich fuhr fort, sie auszufragen: Sag mir ganz ehrlich, wie geht es dir in unserer Beziehung? Sie überhörte meine Frage und forderte mich auf, die Bücher noch einmal durchzusehen, bevor ich sie der Insolvenzverwaltung überstellte; dann kam sie zu mir und nahm mich in ihre Arme. Ich war im Büro und legte das Geld des letzten Kunden in die Handkasse. Sie meinte: Warum fragst du? Weißt du, was mir gefallen würde, Jean? Schenk mir doch stattdessen eine schöne Reise, eine Kreuzfahrt ohne Rückkehr. Ich fragte, was wohl Walden dazu sagen würde. Walden ist mir doch völlig egal, und das weißt du, fuhr sie fort. Sie ging hinaus. Ich ließ sie nicht aus den Augen. Dann saß sie vor dem Rasenstück, das Gesicht in der Sonne, und verjagte anmutig ein Insekt von einer Falte ihres Rocks. Diesmal ist die Zeit reif, dachte ich, zuerst werde ich mir Amina vornehmen, dann widme ich mich Usman.

Und Usman, was hältst du letztendlich von ihm? Remedios reagierte nicht. Ich wiederholte meine Frage. Ohne den Kopf zu bewegen, bedeutete sie mir, dass sie ihre Sonnenbrille brauche, die sie im Büro vergessen hatte, und antwortete: Du hättest Usman behalten müssen, er ist ein ausgezeichneter Automechaniker.

11

Am nächsten Tag harrte ich vormittags im Schutz einer Gasse neben der Nelson-Mandela-Turnhalle aus, nicht weit von dem Gebäude entfernt, in dem Usman wohnte. Er verließ es kurz vor Mittag mit seinen beiden Kindern an der Hand und ging mit ihnen den nördlichen Boulevard entlang in Richtung Park.

Ich klopfte an die Wohnungstür, die Unterlagen des Insolvenzantrags unter dem Arm, und wartete geduldig, dass man mir öffnete, doch ob Amina mir aufmachen würde, stand natürlich in den Sternen. Ich wusste, dass sie hinter der Tür stand, und ließ nicht locker. Ohne die Stimme zu heben, sagte ich: Amina, ich bin es, Monsieur Seghers, ich bringe Ihnen die Unterlagen. Ihre absichtlich gedämpften Schritte hinter der Tür, vielleicht verbunden mit einem Anruf bei Usman, brachten mich davon ab, es weiter zu versuchen. Ich würde Amina bei nächster Gelegenheit ansprechen. Zu guter Letzt ging die Tür doch noch auf. Amina pflanzte sich vor mich hin. Ich grüßte sie. Mein Besuch müsse sie nicht wundern, fügte ich hinzu.

Ich übergab ihr die für die Gewerbeaufsicht bestimmten Unterlagen aus dem Insolvenzantrag, die mir als Vorwand dienten, sie aufzusuchen und mich mit ihr zu unterhalten: Bitte, Amina, alles ist vollständig. Und ich tat erstaunt, als sie mir mitteilte, dass Usman mit den Kindern im Park sei. Amina erklärte, ihr Mann würde die beiden Jungs allein spielen lassen, meist unter Aufsicht einer Nachbarin, und seine übliche Joggingrunde drehen, um sich zu entspannen. Manchmal begleite sie ihn, also bat ich sie aus reiner Neugier, log ich – denn eigentlich war genau das der Grund für meinen Besuch –, mir seine übliche Runde zu beschreiben, und Amina gab mir ein paar Hinweise.

Ich ging nicht so weit, die Route anhand eines Stadtplans zu überprüfen, aber ich merkte mir Punkt für Punkt die Gewohnheiten ihres Mannes, den Wechsel ans andere Flussufer, den Stopp an der Straßenbahnhaltestelle, das Überqueren des Golfplatzes. Ich stellte fest, dass es zwei Orte gab, wo er sich mit Remedios treffen konnte: am Eingang zum Country Club, unweit des Golfklubs, und am Flussufer, wenn man aus der Stadt herauskam.

Nachdem ich diese Informationen und Aminas Vertrauen hatte – wobei mir bestimmt die Unterschrift unter den Schuldschein am Abend zuvor half –, lehnte ich ihre Einladung einzutreten ab und blieb auf der Schwelle stehen. Ich hatte immer noch Usman mit meiner Frau in meinem Auto und in der Bar vor Augen (warum mein Auto?, warum nicht seines?, warum nicht das Auto von Remedios, das viel bequemer war? Diese Fragen ließen mich nicht los...). Amina legte die Unterlagen unbesehen auf eine Kommode im Flur.

Mit dem Ziel, Verwirrung zu stiften und wenigstens einmal meine Stellung dieser Frau gegenüber auszukosten, fragte ich sie, wie sie die Beziehung ihres Mannes zur Tankstelle einschätze. Amina strich sich eine Strähne aus der

Stirn: Ihrer Meinung nach lief alles gut. Apropos, fügte sie hinzu, ich darf Sie daran erinnern, dass Sie ihm noch Geld schulden, Sie wissen, wovon ich spreche. In dieser Hinsicht müssen Sie sich keine Sorgen machen, erwiderte ich. Sie setzte ein Lächeln auf. Ganz offensichtlich glaubte sie mir nicht. Der Grund für meinen Besuch sei aber nicht die Abfindung, vielmehr würde ich mich für ihre Ehe interessieren.

Die junge Frau runzelte die Brauen. Ich hatte meine Freude daran zu sehen, wie sie blinzelte. Wie erwartet, fragte sie mich, worüber ich sprechen wolle. Ich nahm einen neuen Anlauf: ich hätte Interesse an ihrem Eheleben. Sie wiederholte, sie verstehe nicht, wovon ich eigentlich rede. Ich ließ ihr Zeit, sich zu wundern, und gab ihr zu verstehen, wie wichtig gute Beziehungen zum Arbeitgeber ihres Mannes seien. Sie baute sich vor mir auf: Zuerst erklären Sie mir, was Sie hier wollen? Seit wann klopft man unangekündigt bei Leuten an die Tür?

Ich holte aus: Es gehe nur darum herauszufinden, wie gut Usman mit den Leuten aus seinem Umfeld zurechtkomme, Sie müssen wissen, das ist sehr wichtig für die Wahl seiner nächsten Stelle. Amina änderte ihr Verhalten und stemmte die Hände in die Hüften: Fragen Sie ihn doch selbst, er kommt gleich zurück. Ich spürte, dass sie mich herausforderte, und setzte wieder an: Sprechen wir offen miteinander, Amina, hegen Sie Zweifel hinsichtlich des Umgangs Ihres Mannes? Haben Sie zum Beispiel nie erwogen, dass Usman Ihnen untreu sein könnte? Sie schien sprachlos. Wissen Sie, ich möchte Ihnen nicht wehtun, vielmehr habe ich, um ehrlich zu sein, Zweifel, was meine

Frau angeht, und ich dachte, ich könnte zuerst mit Ihnen darüber sprechen, denn es betrifft auch Sie.

Und inwiefern sollte ich betroffen sein, Monsieur Seghers? Sie verschränkte ihre Arme. Nun ja, ich bin Usmans Arbeitgeber, ich habe ihn aufgelesen, als er noch keine zwanzig war, erinnern Sie sich? Nein, ich erinnere mich nicht! Ach ja, Sie waren ja damals noch nicht da. Also, wenn ich mich gar nicht erinnern kann, warum erzählen Sie mir dann etwas von Usman, als er noch keine zwanzig war? Ich drehte ihre Frage um, erklärte ihr, ich würde mich ihr sehr verbunden fühlen, da wir dasselbe Problem hätten. Sie wiederholte, sie habe kein Problem, und Usman auch nicht.

So, wie es aussieht, täten Sie besser daran, hier zu verschwinden, warf sie mir an den Kopf. Und ich riet ihr, ihrem Mann nichts davon zu erzählen, sie könne meinen Besuch sogar als ungeschehen betrachten, als hätte sie mich nie gesehen, als hätte es mich nie gegeben. Fragen Sie sich nur, Amina, kommt es vor, dass Ihr Ehemann mitten am Tag verschwindet, ohne dass Sie wissen, wohin er geht? Und haben Sie sich schon einmal gefragt, was er nachts so treibt? Haben Sie? Amina sah mich ungläubig an.

Sie überlegte kurz. Sie begriff überhaupt nichts. Sie sagte, sie werde kühlen Kopfes mit Usman darüber sprechen. Ich riet ihr, nichts zu unternehmen, es sei nicht nötig, ihn zu beunruhigen. Schließlich schlug sie mit einem knappen Auf Wiedersehen die Tür vor mir zu.

12

Walden war überrascht über meinen Besuch. Er spielte Karten, unter einer Hängelampe im Hinterzimmer von Clem's Bar. Seine beringten Hände lagen auf dem grünen Filz des Spieltischs, als er mich fragte, ob es ein Problem gebe. Ich blieb direkt vor dem Spieltisch stehen und antwortete nicht. Da ich mich nicht vom Fleck rührte, sammelte er seine Jetons ein und forderte seine Mitspieler auf, das Zimmer zu verlassen. Ich hatte keine Angst vor Walden. Genau das warf Fragen auf, denn ich wusste, dass sein Respekt mir gegenüber seiner Beziehung zu Remedios geschuldet war.

Mit einer jovialen Geste bat er mich, Platz zu nehmen. Unterdessen versicherte er sich, dass niemand mehr im Raum war außer Valério, der Sekretär des Bürgermeisters und gelegentliche Chauffeur des Präsidenten des Handelsgerichts, der hinter mir mit der Schulter an der Wand lehnte. Gerade so, dass ich ihn noch bemerkte, während er in seinem beigen Anzug wie üblich auf Waldens Befehl wartete, um einzugreifen. Doch Walden schien nicht beunruhigt, das konnte man ihm ansehen.

Ich trat näher: Ich bin gekommen, weil ich eines wissen will, Walden, und du wirst mir antworten: In welcher Beziehung stehst du zu Remedios? Ich hörte ein leises Hohngelächter hinter meinem Rücken, das verstummte, als Walden leicht erschauderte, aber so unmerklich, dass nur sein mit einem Siegelring geschmückter Zeigefinger zuckte. Mit einer lässigen Handbewegung gab er Valério ein Zeichen zu verschwinden. Ich stützte mich auf die Tischkante des Spieltischs und beugte den Kopf unter die Deckenlampe, um dem Blick des Präsidenten zu begegnen.

Ich sage es nicht zwei Mal, Walden: In welcher Beziehung stehst du zu Remedios, wenn ich bitten darf? Und Walden fragte mich, wie er es oft tat, aus welchem Grund meine Nerven blank lägen und was genau mir Sorgen bereite, wobei er en passant anmerkte, dass noch nie jemand so unangebracht ins Spielzimmer hereingeplatzt sei und schon gar nicht, um ihn beim Kartenspiel zu unterbrechen, was ihn in meinem Fall besonders wundere. Sieht so aus, als würde da etwas aus dem Ruder laufen, fügte er hinzu. Setz dich doch, Jean, forderte er mich erneut auf, und ich folgte. Du hast also ein Problem ... Hattest du Streit mit Remedios? Ich müsse Gewissheit haben, erklärte ich, zugleich aber auch, dass ich vollkommen überzeugt sei, dass es besser wäre, wenn ich aus dem Mund von Remedios hörte, dass zwischen den beiden nie etwas gelaufen sei. Und Walden antwortete in verständnisvollem Ton: In diesem Fall, Jean, gibt es nur eine Lösung: Valério nimmt den Wagen, wir fahren zu deiner Tankstelle, du fragst Remedios in meiner Anwesenheit.

Wir brauchen keinen Valério, auch keinen Wagen, Walden. Du rufst sie jetzt an. Das überraschte ihn: Ich mache mir Sorgen um dich, Jean! Ich wies auf sein Handy, das neben dem Aschenbecher, dem abgelegten Fächer der Spielkarten und einem Stapel bunter Jetons lag. Walden war immer noch sprachlos. Ich fuhr fort: Du rufst sie vor meinen Augen an, und Walden sagte, ja, ich habe verstanden. Er räumte ein, er tue das nur für Remedios, und weil noch etwas von ihrer Freundschaft auf der Schule übrig sei. Du weißt, ich mag deine Frau sehr gern, sie ist eine echte Freundin ... Er sah auf seine Armbanduhr. Du nervst mich, Jean. Wonach soll ich sie denn fragen? Findest du nicht, dass du ein wenig zu weit gehst? Das ist kein Scherz, gab ich zurück. Ich muss euer Gespräch mithören, das wird als Beweis dienen. Und Walden fragte mich, ob er seine Freundschaft zu mir nicht schon hinlänglich bewiesen habe, und sei es nur durch die Übernahme der Tankstelle. Er wartete einen Moment ab, fragte erneut, was ich für ein Spiel treiben würde, und fast hätte ich ihm vom Verhältnis meiner Frau mit Usman erzählt, doch vor allem wollte ich Remedios' Stimme hören. Walden fragte mich, ob ich einen Arzt aufgesucht habe, und sagte in versöhnlichem Ton: Eine Pleite ist ganz normal, Jean, ich habe jeden Tag mit Unternehmen zu tun, die Konkurs anmelden, du musst einsehen, dass du nicht der Einzige bist ... Reiß dich gefälligst zusammen, du scheinst mir heute völlig durch den Wind zu sein ...!

Er nahm sein Handy, drückte die Lautsprechertaste. Das ist das letzte Mal, dass ich so etwas mache ..., wiederholte er. Ganz langsam steckte er sich eine Zigarette zwischen die Lippen. Es klingelte noch immer. Wenn Remedios nicht ranging, war sie gerade im Auto unterwegs, vermutete ich. Während wir warteten, bedeutete ich Walden, nichts von meiner Anwesenheit zu sagen. Er zuckte mit den Schultern, meine Bemerkung schien ihm unnötig. Ich setzte mich unter die Lampe. Wieder sagte er etwas wie: Das ist wirklich das letzte Mal. Versprich mir, mein Freund, fügte er hinzu, dass du anschließend sofort einen Arzt aufsuchst. Es klingelte noch einmal. Jemand nahm ab. Ich hörte Remedios sagen: Hallo? Walden nannte seinen Namen. Ohne abzuwarten, fragte meine Frau, ob es ein Problem gebe. Der Präsident antwortete: Es gibt kein Problem, und ich rutschte auf meinem Stuhl hin und her. Und dann fragte Walden sie, als wollte er mich damit zufriedenstellen, ob sie wieder Schwierigkeiten mit ihrem Mann habe. Das nahm ich Walden übel. Es war zu einfach. Remedios antwortete, nein, derzeit gibt es keinen Ärger, Jean ist gut gelaunt, es geht viel besser, danke für die Nachfrage, Xavier. Und Walden blickte mich an. Ich gab ihm ein Zeichen, das Gespräch fortzusetzen. Er erklärte, er habe den Ablauf des Konkursverfahrens beschleunigen können. Wieder dankte sie ihm. Dann sagte er ganz ungezwungen: Fühl dich nicht gekränkt, Remedios, aber ich glaube, dein Mann hegt Zweifel hinsichtlich deiner außerehelichen Beziehungen, und er ist, vermute ich, deshalb etwas durcheinander. Walden bedeutete mir, ich müsse jetzt doppelt aufmerksam sein. Nach einigen Sekunden des Schweigens am anderen Ende der Leitung hörte ich Remedios: Das sei nicht so schlimm. Sie habe schon Schlimmeres mit ihrem Mann erlebt, und ich fand, dass sie sich gut herausredete. Er vermutet ein ehebrecherisches Verhältnis, fuhr Walden fort, möglicherweise mit mir, ich sage dir das, wie ich es wahrnehme, verzeih bitte, dass ich so direkt bin.

Und Remedios entschuldigte sich in meinem Namen.

Sie sagte, sie würde mit ihrem Mann sprechen, denn das ginge entschieden zu weit, ich sei schrecklich verwirrt … Und Walden schloss: … Sag deinem Mann, dass wir darüber gesprochen haben, es ist das einzige Mittel, um ihm die Situation begreiflich zu machen, nur aus dem Grund habe er sich erlaubt, sie anzurufen. Sie erklärte, sie habe im Augenblick ein anderes Problem, und dabei wurde mir speiübel. Sie fragte, ob Walden noch immer die Absicht habe, die Stelle von Usman beizubehalten – alarmiert spitzte ich die Ohren –, und Walden antwortete, während er eine Schwade Rauch ausblies und dabei seine Zigarette ausdrückte: Ich muss mir die Sache noch genauer ansehen. Ihrer Einschätzung nach hätte der Wachmann es verdient. Du sprichst von Usman?, fragte Walden, um sicherzugehen. Sie wartete einen Moment: Ja, seine Akte hätte dir eigentlich vorliegen müssen. Der Präsident erwiderte, dazu sei er noch nicht gekommen, er würde das nachholen und diese Information berücksichtigen. Gibt es sonst noch etwas …? Remedios bedankte sich bei ihm von ganzem Herzen. Walden legte auf.

Und? Zufrieden, Jean? Alles in Ordnung? Ich weiß nicht, was ich sonst noch tun könnte, um dich zu beruhigen. Ich erwiderte, Remedios habe persönlich eine hohe Meinung von meinem Nachtwächter, die ich allerdings nicht teilen könnte. Obwohl ich ihm nicht viel Vertrauen entgegenbrachte, wünsche auch ich, dass er die Stelle behält, denn er habe zwei Kinder und eine mutige Ehefrau. Walden erwiderte, er würde der Frage nachgehen, aber auch, dass er nicht erkennen könne, welche Bedeutung das habe. Er erhielt einen Anruf. Ich wartete. Er legte auf und sagte: Das war deine Frau, sie macht sich große Sorgen um dich. Warum ruft sie dich an, wenn sie sich Sorgen um mich macht? Sie hat mir mitgeteilt, sie habe gerade einen Anruf von eurem Angestellten Usman bekommen. Du hättest seiner Frau Amina vor ein paar Stunden einen Besuch abgestattet, es sei nicht gut gelaufen. Remedios fragte mich auch, ob ich dich heute Morgen gesehen hätte. Ich sagte, nein, wir hätten uns nicht gesehen. Zum Schluss sagte er: Und jetzt, mein Freund, möchte ich, dass du auf direktem Wege nach Hause gehst und mit Remedios sprichst. Das sei im Moment das Beste, was ihr für euch beide tun könnt.

13

Mein Handy klingelte. Ich ging vor die Tür von Clem's Bar. Es war mein Nachtwächter. Was ist los, Usman? Ich kann Ihnen nicht mehr folgen, Monsieur Seghers, Amina hat gesagt, Sie wären heute bei uns gewesen, als ich im Park war, meine Frau hat nichts verstanden, sie fragt sich, was Sie bei uns wollten. Sie fühlt sich bedroht.

Nichts, Usman, ich wollte nichts, ich habe lediglich einen Höflichkeitsbesuch abgestattet und die Gelegenheit genutzt, dir die Unterlagen für die Gewerbeaufsicht vorbeizubringen, hat dir deine Frau nichts davon gesagt …? Ich versichere dir, von irgendwelchen Problemen kann nicht die Rede sein. Du warst nicht da, also bin ich wieder gegangen. Ich kann dir nur sagen, dass Amina mich zurückgehalten hat, sie hat mir Fragen bezüglich der Abfindung gestellt. Fast hätte ich ihr eine gute Nachricht überbracht, denn die Chancen stehen gut, dass dein Job erhalten bleibt, das hat sie dir vielleicht erzählt? Nein, Monsieur Seghers, Sie täuschen sich, es geht zwischen uns nicht um meine Stelle, das habe ich Ihnen schon tausend Mal gesagt, es geht um meine Abfindung, einen Teil haben Sie mir ausbezahlt, aber nicht alles, nur darum geht es, das wissen Sie genau, und deswegen macht Amina sich Sorgen.

Du hast recht, Usman, aber das Unternehmen hat Konkurs angemeldet, ein Insolvenzverfahren wurde eingeleitet, ich will jetzt nicht in die Details gehen. Allerdings muss ich dir sagen, falls du es nicht wissen solltest, dass drei Monatsgehälter ziemlich viel ist. Ja, Monsieur Seghers..., aber... Ich fiel ihm ins Wort: Hat meine Frau dir nichts davon gesagt? Natürlich nicht, antwortete Usman, Madame Remedios habe nie ein Wort darüber verloren.

14

Am Sonntag bat ich Remedios mitten in den Vorbereitungen zum Barbecue, Usman anzurufen und ihn mit Amina und den beiden Kindern einzuladen. Es wäre doch idiotisch, wenn wir unseren letzten Tag nicht zusammen feiern würden, meinst du nicht, Remedios?

Sie beeilte sich, ihn anzurufen, und gegen sechs Uhr fuhr er mitsamt seiner Familie vor. Amina trug ein großes Tablett mit hausgemachtem Gebäck. Sie überreichte es Remedios und bedankte sich für die Einladung. Walden kam ebenfalls, in Begleitung von Valério, der im Auto sitzen blieb, und ich gab acht, dass Usman meinen Besuch nicht vor Walden erwähnte. Während der Grillvorbereitungen hatte ich also genug Zeit, meine Frau zu beobachten. Die verstohlenen Blicke, die die beiden komplizenhaft wechselten, bestätigten mir endgültig ihre Zuneigung zu Usman.

Was mich während des gemeinsamen Abendessens am Rand unseres Rasenstücks am meisten überraschte, waren ihre Selbstsicherheit und die Mühelosigkeit, mit der die beiden sich mitten unter uns austauschten. Als die Sonne unterging, zog mich Walden, ein Glas in der Hand, am Ärmel zur Seite. Das Fleisch begann gerade zu brutzeln. Er erinnerte mich an meinen Besuch. Er hoffe, dass ich mich nun ein für alle Mal von meinen düsteren Gedanken verabschiedet hätte. Um mir nichts zu verheimlichen, erklärte er, er habe Remedios von unserem Gespräch am Spieltisch in Kenntnis gesetzt, und wenn ich wolle, könnten wir zu dritt darüber reden. Was Usman betreffe, so habe er nichts von dem vergessen, was ich gesagt hatte, er habe ihn beim Aperitif beobachtet, seine Reaktionen studiert und dabei auf jede Geste geachtet. Walden ging einen Augenblick hinaus, dann kehrte er mit Valério zurück, der sich ans äußerste Tischende setzte.

Es dauerte nicht lange, bis Amina mich ansprach. Schon beim Aperitif hatte sie ohne Rücksicht auf Walden Aufschluss verlangt über den Grund meines Besuchs bei ihr und mein ungebührliches Verhalten. Ich antwortete vage und tat, als wäre ich nicht gemeint. Ich nahm Walden zum Zeugen und sagte ihm, soweit ich sähe, sorge sich Amina um den Verlust des Arbeitsplatzes ihres Mannes. Offenbar wünsche sie, dass man Usman die volle Abfindung auszahle. Der Anspruch sei von ihrer Seite her gerechtfertigt, erläuterte ich, doch ab und zu müsse man sich auch entgegenkommen, Verständnis zeigen. Während ich Walden mit meinem Blick festnagelte und lauter sprach, damit Usman mich hörte, bemerkte ich zu Amina, ab und zu müsse man die Dinge auch von der anderen Seite her betrachten, was meinem Nachtwächter nicht entging, der sich wie so oft gerade mit meiner Mutter unterhielt, und nun auch mit Salazar. Daraufhin wandte sich Usman fragend an mich: Wovon reden Sie, Monsieur Seghers? Was soll das bedeuten, die Dinge von der anderen Seite her betrachten? Der Frage ausweichend, dankte ich zuerst Amina für ihr ausgezeichnetes Gebäck, es sei sehr schmackhaft, eines Konditors würdig, wie ich meinte. Walden applaudierte zu dem Lob und beglückwünschte sie ebenfalls. Ganz meiner Meinung, Jean! Auf diesem Gebiet sind Sie unschlagbar, Amina.

Dieses Mal war ich überzeugt, dass alles so verlief, wie ich es mir zu Beginn des Barbecue gewünscht hatte. Ich ergriff das Wort zu einer kurzen Rede über den Verkauf des Unternehmens. Niemand würde dabei verlieren. Was wir insbesondere Walden verdankten, unserem Wohltäter, auf den wir nun anstoßen sollten, auch Salazar könne das Glas mit uns heben, und ich bemerkte, wie der Präsident des Handelsgerichts in dem vergeblichen Versuch, zu vermeiden, alle Blicke auf sich zu ziehen, einen Schritt zur Seite machte. Er dankte mir für das schöne Kompliment, und Usman, den ich übergangen hatte, ergriff das Wort (womit ich gerechnet hatte, so wollte ich es): Es gebe ein fehlendes Teil in dieser schönen Puzzlelandschaft, und dieses Teil hieße Abfindung. Wenn es so weiterginge, warnte er mich in bedrohlichem Ton, würde ich noch von ihm hören. Daraufhin verkündete ich, dass sein Arbeitsverhältnis bei der Übernahme vielleicht erneuert würde, denn wir würden ihn nicht im Regen stehen lassen. Usman – was für eine Gelegenheit, die es zu ergreifen galt! – könnte seine Tätigkeit als Nachtwächter sicher fortsetzen, nicht wahr, Monsieur Walden? Ich fachte die Glut wieder an, legte neue Fleischstücke auf den Grill, und Remedios trat zu mir, band eine Schürze um meine Taille und hauchte mir einen Kuss in die Ohrmuschel.

15

Noch am selben Abend fuhr meine Mutter mit Salazar nach Hause zurück. Remedios teilte mir mit, sie treffe sich mit Freunden in einer Bar in der Innenstadt, und auch Walden verabschiedete sich, zusammen mit Valério. Amina ließ die Kinder auf dem Rücksitz ihres Wagens Platz nehmen, Usman saß schon am Steuer und meinte, er müsse jetzt erst einmal auf andere Gedanken kommen. Er würde laufen gehen, seine übliche Runde drehen, eine lange Schleife über die markierten Wege im Park im Norden der Stadt, wie er auf meine Bitte hin erklärte, dann über den Fluss, vorbei an der Straßenbahnhaltestelle und dem Golfplatz und schließlich zurück zum Park.

Ich schloss die Tankstelle und wartete eine gute Stunde vor der Tür, verspeiste die restlichen Mandelplätzchen mit Zuckerglasur, die Amina gebacken hatte. Remedios kam nicht zurück. Ich schloss daraus, dass sie sich irgendwo auf der Strecke trafen, an einem der beiden Orte, die Amina mir bei meinem Besuch genannt hatte. Ich nahm also meinen Wagen und bezog Stellung am Ausgang des Parks. Usman lief im Jogginganzug vor meiner Nase vorbei, ohne mich zu bemerken. In der Nähe des Golfplatzes bog er ab auf einen Trimm-dich-Pfad neben der Route nationale. Ich fuhr eine knappe Viertelstunde herum, dann sah ich Remedios' Wagen vor dem Country Club. Usman hielt nach einem offenbar eingespielten Drehbuch in Höhe der Gaststätte an. Sie umarmten sich. Ich machte kehrt.

Als ich wieder in der Tankstelle war, rief ich meinen Automechaniker an und bat ihn zu kommen, auch wenn es schon spät sei, es gebe ein dringendes technisches Problem mit einem Arbeitsgerät. Usman zögerte mit einer Zusage, doch ich brauchte ihn hier. Außerdem hätte ich das Geld, fügte ich hinzu. Er komme gleich, er müsse sich nur noch umziehen und einmal durch die Stadt fahren. Ich öffnete die Garage, schloss die Tür zwischen Werkstatt und Bar mit dem Schlüssel ab. Anschließend öffnete ich die Oberlichtfenster unter den Eisenträgern des Metallgebälks, um einen Luftzug zu erzeugen. Ich schnappte mir einen Kanister Motoröl, besprengte damit die Wände, den Betonboden und füllte einen Eimer mit Benzin, von dem ich drei Viertel der Menge entlang der Werkstattgrube zwischen dem Werkzeug ausgoss. Ohne Zeit zu verlieren, füllte ich den Rest des Treibstoffs in eine Flasche und knotete ein in Benzin getauchtes Tuch um den Flaschenhals. Die Flasche versteckte ich unter den Blechtonnen neben der Garagentür.

Usman traf ein, atemlos, Schweiß auf der Stirn: Wo klemmt es, Monsieur Seghers …? Erzählen Sie mal, es ist ja nichts zu sehen, aber wir kriegen das schon hin. Ich beorderte ihn in die Garage: Ein Problem mit dem Schweißgerät, rief ich. Mein Mechaniker ging in die Werkstatt, kniete vor dem Schweißgerät nieder. Nichts Ungewöhnliches zu sehen, vielleicht ein Anschlussproblem, stellte er fest. Er richtete sich wieder auf, lüftete seine Schirmmütze, um sich im Nacken zu kratzen. Ich zog das Schwingtor zur Werkstatt so zu mir, dass es ein Stück weit offen blieb. Usman machte mich darauf aufmerksam, dass es nach Benzin roch, er fand das seltsam. Der Mechaniker begann, zwischen den Werkzeugen herumzuschnüffeln. Fast hätte ich ... sagte er und sah mich an, ohne den Satz zu beenden. Ich befahl ihm, er solle das Schweißgerät einschalten. Um das zu tun, musste er zum Verteilerkasten hinten in der Werkstatt gehen, was mir Zeit gab, durch das halb offene Werkstatttor zu schlüpfen. Ich zog ein Feuerzeug aus der Tasche, streckte die Hand zwischen die beiden Metalltonnen und zündete den benzingetränkten Verschluss der Brandflasche an. Ich hörte noch das Quietschen des Verteilerkastens, als Usman ihn öffnete; dann rief er: Ich sehe nichts Ungewöhnliches, Monsieur Seghers!

Ich holte aus und schleuderte die Flasche mitten in die Werkstatt. Sie explodierte in einer Flammengarbe an der Ziegelmauer. Das Feuer raste das Zinkdach entlang. Ich wich zurück. Eine erste Explosion riss das Werkstatttor aus der Verankerung. Dann barsten die Fensterscheiben. Eine nach der anderen. Mein Hemd flatterte durch den starken Luftzug. Ich blieb so lange wie möglich vor der Feuersglut stehen, einige Sekunden, vielleicht auch eine Minute oder mehr. Dann nahm ich das Handy und tippte die Nummer des Notrufs.

16

Walden traf mitten am Vormittag ein. Er stieg aus seinem Wagen, pflanzte sich, die Hände in die Hüften gestemmt, vor der zerstörten Garage auf und betrachtete den Schaden. Das Feuer schwelte noch, hier und da sah man weißglühende Stellen. Bis auf das Metallskelett des Tragwerks und die Trennwände war nichts mehr übrig von dem Gebäude. Ein Löschgerät berieselte den Brandherd, damit sich das Feuer nicht wieder entfache. Als Zeichen seiner Machtlosigkeit wischte sich der Präsident des Handelsgerichts mit der Hand über die Stirn und atmete stoßweise. Er stellte keine Fragen. Er wusste um Usman. Offenbar hatte man ihn unterrichtet, doch er sagte nichts dazu. Auch ich hüllte mich in Schweigen.

Schließlich wandte sich Walden an mich: Er wollte verstehen, was passiert war. Mit ernstem Tonfall versicherte er mir seine Solidarität, ich könne auf seine Aktenkenntnis zählen, ebenso auf seine Hilfsbereitschaft. Ich dankte ihm. Er schritt die Trümmer ab, sprach einen dort stehenden uniformierten Polizisten an und erkundigte sich, ob es sich um Brandstiftung handelte: Der Polizist stellte sich zuerst vor: Adjutant Bozonet von der Des-Essarts-Brigade, und deutete einen militärischen Gruß an. Er erklärte, das Feuer sei am Vorabend ungefähr gegen zehn, elf Uhr ausgebrochen, es habe sehr kurz, aber heftig gebrannt. Im Augenblick verfüge er über keine weiteren Informationen. An mich gewandt, fuhr er fort: Wenn ich mich nicht täusche, Monsieur …, sind Sie der Besitzer, nicht wahr? Ich bestätigte es ihm. Angesichts des Zustands der Werkstatt war das nicht besonders wichtig. Ich ging wieder zu den Löschfahrzeugen, schlug einen Bogen bis zur Werkstatt und kehrte dann um, doch letztlich wusste ich nicht so recht, wohin.

Der Polizist hatte mich seit seiner Ankunft im Blick: Ihm zufolge tigerte ich in diesem Moment, die Hände in den Hosentaschen, von einer Stelle zur anderen um die verkohlten Ruinen der Tankstelle herum. Offenbar hatte ich mich noch nicht von dem Schock erholt, den die Bergung der Leiche darstellte. Ich war in Hörweite geblieben und fragte ihn, wo meine Frau sei, ob er sie vielleicht gesehen habe? Der Adjutant erinnerte daran, dass er mir bei seiner Ankunft dieselbe Frage gestellt habe, ich hätte jedoch nicht geantwortet, es gehe mir wohl nicht besonders gut. Er erwähnte, meine Frau sei bestimmt die Person gewesen, die er kurz zuvor auf einem Stuhl neben dem Grünstreifen sitzen sah. Walden, der sich offenbar wieder gefasst hatte, fragte noch einmal, ob es sich um Brandstiftung handle …? Der Polizist öffnete sein Notizbuch, sah nach und steckte es dann wieder in seine Brusttasche: Man wisse es nicht, das sei topsecret. Er versäumte nicht, Walden auf das rotweiße Band hinzuweisen, das an den polizeilichen Absperrpfosten entlang der Werkstatt befestigt war, der Zutritt zum Brandort sei untersagt.

Dann wandte er sich an mich: Ich sei bestimmt der Einzige, der diese wichtige Frage beantworten könne. Ich zuckte mit den Schultern, keine Ahnung. Brandstiftung oder nicht, es ist nun mal passiert. Ich erinnerte mich an den Brand zehn Jahre zuvor, einen Monat nachdem wir die Tankstelle übernommen hatten. An derselben Stelle. Was soll ich heute dazu sagen, bemerkte ich noch.

Daraufhin fragte Walden, ob es noch andere Leichen als die von Usman gebe. Der Adjutant spielte mit dem Druckknopf des Kugelschreibers in seiner Hand. Er seufzte: Nur eine Leiche, Herr Präsident. Wir warten auf meine Kollegen von der Kriminaltechnik, wir rühren nichts an. Mir lag indes daran zu sagen, dass ich nicht an Brandstiftung glaubte. Der Polizist nahm meine Äußerung auf: Brände in dieser Gegend seien nicht außergewöhnlich, alles sei möglich. Am besten, man warte die Ergebnisse der Untersuchung ab. Er rechne im Übrigen damit, alles schnell aufklären zu können, da ihm der Fall, nach allem, was er sehe, klar auf der Hand zu liegen scheine.

Er ging neben der Asche auf und ab und zeigte dabei hilflos auf eine eingestürzte Wand der Werkstatt. Als er wieder bei mir war, schlug er mir zu meiner Überraschung formlos vor, ich könne mich doch waschen, ich weiß nicht, vielleicht nehmen Sie eine Dusche, damit wäre allen geholfen, haben Sie gesehen, wie Sie aussehen? Fast könnte man meinen, Sie wären ebenfalls in der Werkstatt gewesen, schauen Sie, Ihre Hose ist voller Ruß, der Hemdsärmel zerrissen, Sie haben es vielleicht noch nicht bemerkt, Monsieur, aber Sie hatten Feuerkontakt, sprechen Sie mit dem Feuerwehrhauptmann, der Mann dort bei der Motorpumpe, der gerade seinen silbernen Helm abgenommen hat und sich mit den beiden Wachposten unterhält. Er wird Ihnen mit Rat zur Seite stehen, das wird Sie beruhigen. Außerdem, beharrte er, sei ich nicht wiederzuerkennen, Sie Ärmster, ich weiß nicht, ob Sie sich darüber im Klaren sind, aber Sie sind weiß wie eine Wand.

Walden gab ihm recht. Mit leerem Blick betrachtete der Präsident des Handelsgerichts das geschmolzene, aber noch lesbare Plastikschild mit dem Logo einer Firma für Schmiermittel. Doch ich wusste, dass Usman, seine Frau und die Kinder seine Gedanken beschäftigten. Gut, Hauptsache, wir haben keine weiteren Opfer zu beklagen, er riss sich brutal aus den Gedanken und schritt über eine große, schmierige Pfütze vor dem Parkplatz, durch die die Feuerwehrschläuche liefen. Dann seufzte er, die Hände in den Hosentaschen, er kenne meinen Nachtwächter zwar nicht persönlich, doch er habe schon oft von ihm gehört.

Der Adjutant gesellte sich zu uns. Er blieb konzentriert. Sein fragender Blick schweifte über Schutt und Asche, bevor er ihn auf mich richtete: Wir werden uns noch unterhalten müssen, Sie und ich, kündigte er an, dann ging er zu seinem Polizeitransporter zurück, und ich blickte ihm hinterher, denn seine Nachdenklichkeit machte mich stutzig. Er verstaute seinen Kugelschreiber in einer ledernen Aktentasche, die auf dem Sitz lag. Ich denke, Sie sollten einen Arzt aufsuchen, sagte er noch einmal zu mir. Dann zog er sein schwarzes Notizbuch aus der Uniformtasche und legte es offen auf die Aktentasche. Ich sah seine Skizze vom Brandort: Die Wohnung, das Büro waren ebenso abgebildet wie der Tankstellen-Shop, die Bar und die Werkstatt.

Sie tauschten sich erneut aus. Während sich die Unterhaltung zwischen dem Polizisten und Walden in die Länge zog, nutzte ich die Zeit, um die Seite des Notizbuchs genauer in Augenschein zu nehmen; die Skizze war mit Kugelschreiber angefertigt und mit Anmerkungen in gleichmäßiger und sorgfältiger Handschrift versehen: ein paar Großbuchstaben, ein paar Ziffern, dazu weitere Seiten, die ein Luftzug mit herumwirbelnden Rußpartikeln beiläufig aufblätterte. Ich nahm mir wieder das Notizbuch vor: Der Aufriss zeigte die Tür- und Fensteröffnungen, die Anordnung der Möbel und benannte die Wohnbereiche, die Skizze gab sogar die Maserung der Natursteine wieder, mit denen der Türsturz über dem Eingang zur Bar verkleidet war. Daher fühlte ich mich beobachtet.

Der Polizist kam zu mir zurück, ließ zum x-ten Mal seinen prüfenden Blick über das verwüstete Tankstellengelände schweifen. Dann kam er auf unser Eheleben zu sprechen. Aber mir lag nichts daran, ihm zu antworten. Ich wollte mit Remedios sprechen. Das sagte ich ihm auch. Etwas frostig bemerkte Adjutant Bozonet, dass Remedios nicht mehr anwesend sei. Ihre Frau ist zu einer Freundin gefahren, vertraute er mir an, während er mich beiseitenahm. Ihm zufolge sei es Remedios nicht möglich gewesen, auch nur eine Minute länger hier zu bleiben.

Ich ließ den Adjutanten stehen und ging in die Bar, die vom Brand verschont geblieben war, dann ins Büro, wobei ich feststellte, dass die Glaswand zwar geschwärzt, aber nicht zerbrochen war, einige Artikel des Autozubehörs im Shop hatten allerdings durch das Löschwasser Schaden genommen. Ich hängte das von einer grauen Rußschicht überzogene Porträt von Remedios ab. In meinem Rücken ein Seufzen von Walden, der mir an den Fersen heftete, und diese Frage, die er mit rauer Stimme stellte: Wie hat er das nur angestellt? Ich hätte gerne gewusst, wen er mit diesem »er« meinte, meinen Überlegungen nach hätte man keinen außer mich und Usman selbst beschuldigen können, den Brand gelegt zu haben, jedenfalls sah ich niemanden.

17

Später unterhielt sich der Feuerwehrhauptmann, die Lederjacke stramm über der Taille geschlossen, mit Walden. Ich trat zu ihnen. Der Hauptmann habe einiges bemerkt, ließ Walden mich wissen. Ach, ja? Was denn? Im Gegensatz zu dem Polizisten sagte er, dass solcherlei Vorkommnisse nicht häufig seien.

Der Tag neigte sich. Vereinzelt stiegen noch Rauchsäulen aus den Aschehaufen auf. Ohne Eile unternahm der Hauptmann eine erste Annäherung an den Brandschaden, bei jedem Schritt schlug sein Karabiner gegen seine metallene Gürtelschnalle. Rund um das vom Adjutanten abgesteckte Sperrgebiet knackten die verkohlten Reste unter den hitzeisolierten Sohlen seiner Feuerwehrstiefel und zerbarsten. Mit der Erklärung, er habe genug für heute, verabschiedete sich der Polizist schließlich von Walden.

Doch da ertönte eine weibliche Stimme: Warten Sie bitte, noch ist nicht alles erledigt! Der Polizist drehte sich um. Ich sah eine junge Frau unter dem Schatten des Vordachs. Bis dahin hatte ich sie nicht bemerkt. Ein Minütchen noch, Messieurs, so einfach kommen Sie mir nicht davon. Ich zögerte, sie zu fragen, wer sie sei, und verließ mich auf den Polizisten.

Die Frau sah mich von Weitem an und meinte dann: Es

handelt sich um Brandstiftung. Offenbar kannte sie Walden, doch sie wandte sich an mich: Sind Sie der Besitzer ...? Können Sie mir das bestätigen ...? Ich nickte ... Seghers? Sind Sie das, Jean Seghers? Sie trat zu uns und kündigte dem Polizisten an, sie werde am nächsten Tag vorbeikommen, um seinen Untersuchungsbericht abzuholen. Sie sind bestimmt versichert, Monsieur Seghers? Ich nickte und bot ihr an, mich in die Bar zu begleiten. Als Antwort reichte sie mir ihre Visitenkarte. Zuerst las ich ihren Vornamen und Namen: B. Hunter, für Brigitte Hunter, erklärte sie und sah mich dabei an. Ich las weiter: Versicherungssachverständige. Sie schleppte mich in die entgegengesetzte Richtung, zur Werkstatt, zumindest zu dem, was davon noch übrig ist, wie sie ironisch anmerkte, während sie an dem Aschehaufen entlangging. Sie trug flache Lackschuhe, deshalb riet ich ihr zu Vorsicht: Es handelt sich um Erdölerzeugnisse, zähflüssige Stoffe. Sehr schwierig zu entfernen, glauben Sie mir. Sie fragte mich, um welche Produkte genau es sich meiner Meinung nach handelte. Ich antwortete: Reste von Motorenöl, Mineralöle, Schmiermittel, mehr könne ich ihr nicht sagen.

Als wir in die Bar kamen, schlug Brigitte Hunter mir vor, unsere Unterredung auf den nächsten Tag zu verschieben, ich sähe müde aus. Doch solange wir auf den Bericht warten, können wir uns, wenn Sie wollen, auch hier ein bisschen unterhalten, das ist ja auf alle Fälle bequemer als auf der Gendarmerie. Sie spielte einen Moment mit ihrer Visitenkarte, die sie nachlässig auf dem Tresen liegen ließ. Ich dachte, es wäre das Beste, gleich zur Sache zu kommen. Zudem vermutete ich, dass sie als Sachverständige vielleicht schwieriger zu überzeugen wäre als der Polizist, der, wenn ich es richtig sah, bereits die Absicht hatte, den Fall zu den Akten zu legen. Deshalb erzählte ich ihr, dass es hier vor ziemlich genau zehn Jahren schon einmal gebrannt habe. Sie sei auf dem Laufenden, erklärte sie, sie habe den ganzen Tag Zeit gehabt, um sich mit meiner Versicherungsakte zu befassen.

Vor allem aber bat sie mich zu rekapitulieren, wie mein gestriger Tag verlaufen sei. Ich verwies sie darauf, dass ich das bereits dem Polizisten erzählt hätte, er habe Aufzeichnungen gemacht. Sie arbeite nicht für die Polizei, sondern für die Versicherungsgesellschaft, genauer gesagt, als Freelancerin, führte sie aus. Sie sei aber gespannt, was die Akten der Polizei in diesem Punkt hergäben. Etwas anderes, verehrter Monsieur Seghers: Wir beide werden uns über einiges unterhalten müssen, erklärte sie, als wäre sie das Echo des Adjutanten. Vor zehn Jahren hat es bei Ihnen gebrannt, war Ihnen das keine Lehre? Sie hätten Vorsichtsmaßnahmen treffen können, oder?

Ich erklärte, dass ich vor zehn Jahren die Werkstatt mit einem Ölofen beheizt hätte; er habe sich in einem schlechten Zustand befunden und sei aus Kostengründen von mir mit Altöl befeuert worden. Hunter nickte, machte sich Notizen. Sie war schlimmer als der Polizist, kritzelte ununterbrochen in ihr Notizbuch. Als wir wieder nach draußen vor die Werkstatt traten, marschierte sie über die verrußten Glasscherben, und dieses Mal hatte sie das Notizbuch in ihre Handtasche gesteckt. Ich zeigte ihr den von Adjutant Bozonet abgesperrten Bereich, den man nicht betreten dürfe, doch sie fand meine Bemerkung überflüssig und wiederholte, sie sei es gewohnt, mit der Polizei zu arbeiten. Dann teilte sie mir mit, welche Versicherungsgesellschaft sie geschickt hatte: Ich war gerade in der Gegend, und als ich vom Brand in einer nahe gelegenen Tankstelle erfuhr, rief ich im Sekretariat an. Da wusste ich noch nicht, dass man einen verkohlten Leichnam gefunden hatte.

Hunter erläuterte mir ihr Vorgehen als Sachverständige. Zuerst würde sie nacheinander alle vom Brand betroffenen Personen aufsuchen. Überstürzen Sie nichts, antwortete ich, ich bin der einzige Betroffene. Sie waren also der Einzige, der sich gestern Abend nach dem Barbecue hier in der Werkstatt aufgehalten hat? Ich war überrascht, dass sie das bereits wusste. Haben Sie schon mit meiner Frau gesprochen? Ja, wir haben uns vorhin kennengelernt, Sie unterhielten sich gerade mit dem Polizisten, sie hat mich in Ihre Küche gebeten, es ist nett bei Ihnen. Und mit wem haben Sie sonst noch gesprochen? Nur mit Ihrer Frau. Also gab ich an, dass Remedios zum Zeitpunkt des Feuers in der Stadt war, sicher in Clem's Bar, zusammen mit Walden. Mit wem sollte sie sonst dort gewesen sein?, fügte ich hinzu. Auf meinen letzten Gedanken ging die Sachverständige nicht ein. Stattdessen musterte sie mich aufmerksam: Wo genau waren Sie eigentlich? Niemand hat Sie gesehen. Ich war hier, habe mich um den Haushalt gekümmert. Sie sind also nicht mit Ihrer Frau ausgegangen? Remedios brauchte etwas Entspannung, und ich bin lieber hiergeblieben, antwortete ich. Ich kann Ihnen sogar versichern, dass sie sich mit ihren Freundinnen getroffen hat, Monsieur Walden, der Präsident des Handelsgerichts, weiß bestimmt Näheres, jedenfalls mehr als ich, fragen Sie doch ihn.

Hunter schwieg einen Moment und dachte nach: Ich muss gestehen, dass ich etwas nicht verstehe, denn meiner ersten Bestandsaufnahme zufolge gibt es da ein kleines Problem. Ach ja, und welches? Ich versuche gerade, mir über die Brandursache Klarheit zu verschaffen. Sie haben keinen defekten Brenner mehr wie vor zehn Jahren. Damals hatten Sie in Ihrer Schadensmeldung geschrieben: kaputter Thermostat, wurde einen Monat zuvor überholt, und Brenner außer Betrieb. Sie sah sich ein wenig verlegen um und wechselte zu meiner großen Überraschung das Thema: Gestatten Sie, dass ich mir andere Schuhe anziehe …? Mein Wagen steht hier um die Ecke.

Ich wartete kurz. Hunter kam zurück, mit festem Schuhwerk und weißen Schutzhandschuhen aus Baumwolle. Sie fühlte sich sichtlich besser. Kommen Sie mit, Seghers, Sie erlauben doch, dass ich Sie Seghers nenne …? Kein Problem, erwiderte ich und blieb am Rand der Brandruine stehen. Dann gab ich vor, ich sei unzureichend ausgestattet, um mit ihr zu gehen. Ach, kommen Sie! Was soll denn passieren? Gehen Sie da lang, sagte sie und wies auf einen Pfad zwischen den verkohlten Überresten außerhalb des abgesperrten Bereichs.

Sie waren also allein, als der Brand ausbrach? Ja, ich war allein, in der Küche, ich habe aufgeräumt und den Abwasch vom Barbecue gemacht, wir hatten viele Gäste. Wie ich Ihnen bereits gesagt habe, war meine Frau mit Walden, dem Präsidenten des Handelsgerichts, in die Stadt gefahren. Es war niemand anders hier? Niemand, Madame. Meine Mutter hatte sich ebenfalls verabschiedet, sie wohnt am anderen Ende der Stadt. Ich weiß, ich habe mit ihr telefoniert. Sie haben also schon mit allen gesprochen? Ja, Seghers, mit allen, und ich stelle mir noch eine Frage. Warten Sie kurz ... Sie verschaffte sich erst gedanklich, dann mit Gesten einen Überblick über die räumlichen Verhältnisse in der Werkstatt, indem sie jeden Teil laut benannte. Die Tür ist hier, nicht wahr? Und diese Ziegelwand genau gegenüber ist eine Brandmauer, stellte sie fest, nachdem sie die Hebebühne erreicht hatte, dort befindet sich das Schweißgerät, nehme ich an? Ja, Madame, stimmte ich zu. Sie können mich Hunter nennen, das ist einfacher.

Während ich ihre Fragen abwartete und sie weiter im Blick behielt, stellte ich fest, dass die Versicherungssachverständige eine gelb getönte Kunststoffbrille trug, die sie durch Ziehen am Brillenband abnahm. Mich interessiert vor allem, wo der Brand ausgebrochen ist, sagte sie, einen Brillenbügel im Mund, während sie weiter in die Werkstatt hineinging. Und ich fragte zurück: Will die Versicherungsgesellschaft das alles wirklich wissen?

Daraufhin blieb sie abrupt stehen: Bei Bränden geben wir Profis laut Statistik in fünf Prozent der Fälle den Ausschlag. Wissen Sie, was das heißt? Ich wusste es nicht. Nun ja, fünfundneunzig Prozent aller Brände werden durch Unfälle verursacht. Der Rest, also fünf Prozent, ist Brandstiftung. Sie sehen, es kommt eher selten vor. Und hier bin ich mir im Augenblick sicher, dass es sich um Brandstiftung handelt, ich habe nur keine Anhaltspunkte dafür. Deshalb suche ich. Sie sollen aufgekauft werden? Im Prinzip will Walden das Geschäft übernehmen, stimmt das, Seghers? Ja, aber warum stellen Sie mir all diese Fragen, wenn Sie schon alles wissen?

Hunter überging meine Frage: Ich habe im Zusammenhang mit der Versicherungsprämie zwei Hypothesen, doch die widersprechen sich, daher meine Zweifel.

Die erste Hypothese ist folgende: Die Tankstelle ist nichts wert. In diesem Fall riskiert die Versicherung keine hohe Schadenssumme, was in meinen Augen bedeutet, dass Sie sich offenbar nicht bereichern können. Zu Ihrer Frage, nur damit Sie in dieser Hinsicht auf dem Laufenden sind: Die Schadenssumme hängt von meinem Bericht ab, denn wie ich Ihnen bereits sagte, stützt man sich bei der Festsetzung auf meine Schlussfolgerungen. Dies nur, um Ihnen zu sagen, dass ich nicht sehe, sollte sich die Frage einer betrügerischen Schadensmeldung wirklich stellen, welches Interesse Sie daran gehabt haben könnten, Feuer zu legen. Es würde Ihnen nichts oder fast nichts einbringen. Im Übrigen würde die Versicherungsgesellschaft im Betrugsfall nicht zögern, Sie zu verklagen, allein um die Schadenssumme samt Zinsen zurückzubekommen. Man wartet also auf mein Gutachten …

Schweigen meinerseits.

Zweite Hypothese: Andererseits stellt die Tankstelle ein gewisses Kapital dar. In diesem Fall können wir festhalten: Sie hatten Glück, Seghers! Was für ein glücklicher Zufall, dass sie kurz vor dem Verkauf in Flammen aufging! Die Prämie, mag sie auch noch so gering sein, ermöglicht einen Neuanfang. Was Ihren Präsidenten des Handelsgerichts angeht, so ist heute wirklich nicht sein Tag. Ich habe Grund zur Annahme, dass er, unterstützt von einem Pensionsfonds, große Pläne mit der Übernahme hatte. Fossile Brennstoffe, Zapfsäulen usw. werden wir auf lange Sicht immer seltener antreffen, aber in der Stadt mag man sich noch so sehr für eine nachhaltige Entwicklung einsetzen, der Ertrag ist einfach zu gut. Walden sagt selbst: Erdöl sprudelt immer. Dazu noch ein Getränkeautomat und vielleicht ein Schnellrestaurant anstelle Ihrer Bar … Ich habe mir die Akte angesehen, eine Waschanlage, voll ausgestattet und auf der Höhe der Zeit, ist eine Goldgrube. Ich habe mit Ihrer Frau darüber gesprochen, die Interesse daran haben könnte, warum auch nicht …?

Welchen Eindruck hatten Sie von meiner Frau?, fragte ich Hunter, die überrascht war, aber zurückgab: Sie wollen wissen, welchen Eindruck ich von Remedios Quintas hatte? Hören Sie, Hunter, setzte ich wieder an, Sie ermitteln, daher will ich ganz offen zu Ihnen sein: Es ist so, ich hege einen gewissen Verdacht hinsichtlich meiner Frau und Walden, die wahrscheinlich ein Verhältnis haben, legte ich eine falsche Fährte aus. Würde mich nicht wundern, Seghers, Brandgeschichten sind komplizierter, als man meint, die Leute bilden sich etwas ein, dann genügt ein Funke, und alles fliegt in die Luft.

Sie schwieg und suchte weiter in den Überresten. Dann, nach einer Weile: Sie haben mich nach Ihrer Frau gefragt, Sie sagten, sie habe ein außereheliches Verhältnis, zumindest sind Sie sich ihrer nicht ganz sicher. Ich halte mich da grundsätzlich raus, ich will nichts davon wissen, es geht mich ja nichts an, doch ich schließe daraus, und darauf haben Sie mich jetzt gebracht, dass Sie ihr nicht vertrauen, und auch Walden nicht, den Sie immerhin gut kennen, und der Sie gut kennt. Ich glaube übrigens, dass er Sie durchaus wertschätzt.

Was ich damit sagen will, Hunter, ich habe starke Zweifel, ich glaube sogar: Wenn mir jemand beweisen könnte, dass Remedios kein Verhältnis mit Walden hat, würde ich ihm nicht glauben. Leidet Ihre Frau unter diesem Umstand, Seghers? Was wollen Sie damit sagen?, fragte ich. Ihre Antwort war klar und deutlich: Ihre Frau sieht sehr gut aus. Und ich verstehe, mit Verlaub, wenn Sie eifersüchtig sind. Ich schlug die Augen nieder.

Ich stand vor der Asche. Die Ermittlerin ließ mich nicht aus den Augen. Ich wusste, sie wollte meine Reaktion sehen. Von ihren Vermutungen getrieben, nahm sie das Gespräch wieder auf: Gestern Abend waren Sie allein in der Küche. Lassen Sie mich da nachhaken: Warum sind Sie nicht mit Ihrer Frau in die Stadt gefahren? Normalerweise schließen Sie sich dem Freundeskreis Ihrer Frau an, zu dem im Prinzip auch Xavier Walden gehört, also frage ich Sie: Was hat Sie dazu bewegt, die beiden allein weggehen zu lassen?

Keine Ahnung, ich bin hiergeblieben und habe gewartet. So ist das eben. Manchmal ruft mich Remedios an, dann hole ich sie ab. Manchmal ruft sie nicht an. Gestern Abend hat sie nicht angerufen. Können Sie mir auch sagen, wie Sie bemerkt haben, dass es brennt? Flammen am Rand der Fahrbahn. Ich bin sofort hingerannt.

Wissen Sie, Seghers, bis hierhin passt alles, aber ich denke die ganze Zeit, wenn ich unsere Unterhaltung fortsetze, werde ich irgendetwas finden, eine Schwachstelle in Ihrer Argumentation.

Wieder Schweigen. Hunter schritt langsam durch die Trümmer. Ich dachte, wenn die Ermittlerin über die Höhe der Versicherungsprämie nachdachte und, die Augen zu Boden gerichtet, ihre Nachforschungen vor der Werkstatt fortsetzte, dann sicher nicht, um etwas über den Brand eines bankrotten Unternehmens herauszufinden, das zudem noch Gegenstand eines Insolvenzverfahrens ist. Nein. In Wahrheit zielte alles, was wir in dieser Autowerkstatt besprachen, auf Usman, als wäre es unausweichlich, auf Usmans Leichnam, den man aus den Überresten des Brands gezogen hatte. Ich wunderte mich, dass sie diese Spur noch nicht erwähnt hatte, ja, schlimmer noch, es weckte mein Misstrauen.

Hunter unterbrach mich: Sie denken zu laut nach, Seghers? Schade, dass ich nicht dichter bei Ihnen stand, um mitzuhören.

18

Hunter blieb bis spätabends vor Ort, mehrmals streifte sie ihre Handschuhe ab und schlüpfte wieder hinein. Dann legte sie eine Sperrzone fest, ihre Sperrzone, die sich von der polizeilichen unterschied. Die Feuerwehrleute fuhren zurück, ließen einen Mann als Wachposten da für den Fall, dass das Feuer wieder aufflammte, wie mir der Hauptmann mitteilte, und ich servierte der Ermittlerin eine Flasche Mineralwasser.

Hunter hockte vor der Werkstattgrube neben der Werkbank. Sie sammelte verkohlte Teile in einem Plastikbeutel, die sie zu anderen Proben ins Fach einer Plastikbox legte.

Ich will Sie an meinen Überlegungen teilhaben lassen, Seghers: Ich frage mich, warum der Polizist, der sich, wie sie hinzufügte, nicht besonders gut auszukennen scheint, die Absicht hat, den Fall so schnell wie möglich ad acta zu legen. Alles deutet auf ein Verbrechen hin, fuhr sie fort, man schafft sich doch nicht einfach so eine Ermittlung und eine Leiche vom Hals. Ich fühlte mich schon erleichtert. Allmählich steuerte sie darauf zu, die Sache mit Usman anzusprechen. Ich war bereit. Jedoch nicht zum richtigen Zeitpunkt, denn nichts dergleichen geschah. Hören Sie mir überhaupt zu, Seghers …? Ich würde Ihnen gerne etwas zeigen.

Sie holte einen kleinen Beutel aus der Box mit den Proben. Das da sind Glassplitter, ich habe nach Ihren Angaben einen Grundriss der Werkstatt erstellt, dann habe ich meinen Aufriss mit Ihrer letzten Schadensmeldung von vor zehn Jahren verglichen. Damals war es zum Brand gekommen, weil Sie so ungeschickt waren. Auslöser war ein schadhafter Apparat. Heute ist das anders, Sie nutzen eine Warmluftheizung, und Ihr Brenner, der den Sicherheitsnormen entspricht, steht ganz hinten in der Werkstatt. Sie haben mir außerdem versichert, dass Sie am Vorabend des Brandes nicht gearbeitet haben, deshalb dachte ich, ist doch eigenartig, ich meine, eigenartig, weil ich Glasscherben gefunden habe, dazu fällt mir sofort eine mit Benzin gefüllte Flasche ein – der Klassiker –, verschlossen mit einem durchtränkten Lappen. Folgen Sie meinem Blick, Seghers ... Der Brandherd an der Ziegelmauer sieht aus wie eine Fontäne, eine sternförmige Explosion. So etwas hinterlässt Spuren. Ich unterbrach sie: Ich wüsste nicht, wem es Spaß gemacht haben könnte, meine Autowerkstatt anzuzünden.

Sie bezog mich in ihre Überlegungen mit ein: Diese Frage müssen wir beantworten, alle beide. Ich sage es Ihnen noch einmal in aller Deutlichkeit, Seghers: Von Anfang an habe ich gedacht, dass dieser Brand kein Unfall ist. Jemand hat vorsätzlich Feuer gelegt, fragt sich nur, wer. Mein Verdacht stützt sich auf Ihre Aussage, Seghers. Sie waren allein, die Hypothese, Ihre Mutter könnte länger geblieben sein, schließe ich aus. Dolores und ich, wir haben uns lange unterhalten, ich kann mir nicht vorstellen, dass es dieser Frau eingefallen wäre, in der Werkstatt ihres Sohnes Feuer zu legen. Ihre Mutter ist, wie Sie sagten, nach Hause zurückgekehrt, und ich füge hinzu, mit ihrem neuen Lebensgefährten, Salazar, richtig? Vorhin habe ich Ihnen erklärt, was der Ausdruck »Fünfprozent« bedeutet, jetzt denke ich, wir haben den Fünfundneunzigprozent-Bereich verlassen. Ich habe Spuren gefunden, berücksichtigt man die Druckwelle, ereignete sich die Explosion in ein Meter fünfzig Höhe über dem Schweißgerät und der Werkbank am Fuß der Mauer. Ich erwiderte, ich sei bereit, ihr jedwede notwendige Information zu liefern. Doch Hunter bat mich, nichts zu übereilen und ihr zuzuhören.

An einer Sache bleibe ich hängen, und sie irritiert mich, Seghers, fuhr sie fort, während sie den Deckel der Kiste mit ihren Proben zuklappte: Sie halten sich voll und ganz zu meiner Verfügung. Das finde ich erstaunlich. Unter diesem Blickwinkel beschäftigt mich die, wie ich Ihnen bereits sagte, niedrige Versicherungsprämie, mit der Sie, das weiß ich im Voraus, nicht mehr anstellen können, als einen Teil Ihrer Schulden zu bezahlen, die allerdings beträchtlich sind. Zudem verstehen Sie sich prächtig mit Xavier Walden, obwohl Sie ihn des Ehebruchs verdächtigen. Der Präsident des Handelsgerichts hat mehrfach erklärt, er könne sich nicht vorstellen, dass Sie eine kriminelle Laufbahn eingeschlagen hätten. Und hat er mir nicht auch gesagt, dass Ihr Automechaniker während des Barbecue Drohungen gegen Sie ausgesprochen habe, und Sie ihm gegenüber viel Verständnis gezeigt hätten?

Ich ließ sie reden. Was die Ermittlerin soeben gesagt hatte, war ganz in meinem Sinn.

Sie fummelte am Verschluss der Plastikbox herum,

räumte ihre Utensilien in ein Werkzeugtäschchen. Dann zeigte sie mir ein Foto auf ihrer Digitalkamera: Diesen Bereich habe ich noch nicht untersucht. Nicht ohne Mühe erkannte ich darauf einen Teil der Werkstatt. Daraufhin fragte ich sie: Wollen Sie noch lange bleiben und in der Asche herumwühlen? Gibt es da überhaupt noch etwas zu finden? Zur Antwort blickte sie mir direkt ins Gesicht: Sie wären mich wohl gern los, Seghers …? Das würde Ihnen gefallen, nicht wahr …?

Ich gestand ihr, dass ich fast handgreiflich gegenüber Walden geworden sei, und zwar mehrmals, auch gegenüber Remedios, ja, Hunter, gegenüber meiner Frau, manchmal wünschte ich, sie wäre tot. Die Ermittlerin wiederholte, sie würde meinen Äußerungen große Aufmerksamkeit schenken. Doch ich warne Sie, Seghers, passen Sie auf, was Sie sagen, ich fürchte, Ihre Aussagen könnten sich eines Tages gegen Sie richten. Dann, abrupt: Reden wir morgen weiter.

Ohne länger zu verweilen, ging die Ermittlerin zu ihrem Wagen. Als sie im Auto saß, warf sie einen letzten Blick auf die Brandruine. Das ist der richtige Moment, dachte ich und rief nach ihr. Sie ließ den Ellbogen auf dem Türrahmen ruhen und drehte sich zu mir um: Ja, Seghers? Was ist …? Ich muss Ihnen noch etwas sagen. Ja? Es liegt mir auf dem Gewissen, schnürt mir die Luft ab … es hat mich von Anfang an beschäftigt … ich traute mich nicht, es Ihnen gegenüber auszusprechen. Sie denken an jemanden, Seghers …? Ja. An meinen Mechaniker.

19

Hunter stellte den Motor ab, sie blieb minutenlang reglos am Steuer sitzen. Nachdem sie aus dem Wagen gestiegen war, unterhielt sie sich lange am Telefon, mit wem, wusste ich nicht. Ins Gespräch vertieft, wanderte die Sachverständige bedächtigen Schrittes in konzentrischen Kreisen bis zum Parkplatz und näherte sich dem mit weißen Rabattensteinen eingefassten, mit Kakteen bepflanzten Beet, das uns von der Route nationale trennte.

Sie legte auf und kam näher: Hatten Sie Meinungsverschiedenheiten mit Ihrem Mechaniker? Nein, keine. Zumindest nichts von Bedeutung. Ich schuldete ihm Geld. Vorsicht, Seghers, Sie sagen, es sei nicht von Bedeutung gewesen, aber … Schulden sind ein Motiv. Wann wollten Sie ihm denn das Geld zurückzahlen? Ich habe bereits einen Teil bezahlt, in bar. Den Rest wollte ich seiner Frau geben, sobald ich meine Schulden beglichen hätte. Langsam begreife ich Usmans Verärgerung darüber, dass ich ihm die Abfindung für seine Entlassung nicht auf einmal ausgezahlt habe.

Sind Sie sich auch bei dieser Aussage im Klaren, Seghers, dass sie schwerwiegende Folgen haben kann? Ich weiß, fuhr ich mit leiser Stimme fort, aber man könnte auch in Betracht ziehen, dass Usman vielleicht in seine eigene Falle getappt ist, und darauf wollte ich Sie aufmerksam machen. Was wollen Sie damit sagen, Seghers? Drücken Sie sich deutlicher aus. Ich will nur andeuten, er könnte das Feuer in der Werkstatt gelegt haben und davon überrascht worden sein, wie schnell sich die Flammen ausbreiteten. Glauben Sie wirklich, dass er einen solchen Groll gegen Sie hegte? Ich bin unschlüssig, wissen Sie, seit einigen Stunden ist alles anders. In erster Linie war Usman ein Bursche, der mein volles Vertrauen hatte, der hart gearbeitet hat und den ich nicht beschuldigen will. Und andererseits denke ich, dass er einen tödlichen Hass auf mich gehabt haben könnte.

Mit einem leichten Tritt kickte ich einen herumliegenden Tankdeckel aus dem Weg, doch ich passte auf, dass ich die steife, tote Ratte nicht traf, die mit ihrem dunkelroten Fell auf der Seite lag: Ich will damit sagen, nahm ich den Faden wieder auf, ich denke an seine Frau Amina, an die beiden Kinder, und frage mich, ob er sich nicht doch in den Kopf gesetzt haben könnte, sich zu rächen. Sie vergessen eines, Seghers, das Feuer wurde von einer Brandbombe entfacht, so eine Bombe kann man ganz einfach herstellen, das ist nicht wie vor zehn Jahren mit Ihrem defekten Ölofen und Ihrer Sorglosigkeit angesichts der Gefahr damals. Usman hätte nicht die Dummheit begangen, einen solchen Brandzünder zu werfen und dann in der Werkstatt zu bleiben. Viel zu gefährlich. Und ich sage Ihnen, Ihre Vermutung ist zwar respektierlich, ich beabsichtige allerdings, in einer anderen Richtung zu ermitteln. Ich muss zurück zur Gendarmerie, die Proben abgeben. Ich werde mich mit Adjutant Bozonet auseinandersetzen müssen. Apropos, wissen Sie, woran ich bei dieser Sache wirklich Anstoß nehme? Ich nehme an, Ihnen geht es ebenso ... Die Gendarmerie hat zwar Ermittlungen eingeleitet, doch anscheinend ist der Fall schon wieder zu den Akten gelegt worden. Dabei ist ein Mensch gestorben. Deshalb werde ich mich morgen in aller Herrgottsfrühe, vielleicht sogar noch heute Abend, in Ihrem Büro niederlassen.

Und was wollen Sie in meinem vom Löschwasser halb verwüsteten Büro tun, Hunter? Zuerst gehe ich davon aus, dass Sie mir für weitere Informationen zur Verfügung stehen, ich möchte Sie also bitten, mit mir zusammenzuarbeiten, so werden Sie über die verschiedenen Etappen der Ermittlung immer auf dem Laufenden sein. Ich will den Terminen des Opfers in diesen letzten beiden Wochen nachgehen und versuchen, seinen Charakter zu durchleuchten. Nichts weniger als das. Denn ohne es selbst zu bemerken, haben Sie meine Nachforschungen in eine ungeahnte Richtung gelenkt, und ich stimme Ihnen zu: Es handelt sich vor allem, und dieses Mal können wir das mit Gewissheit sagen, um einen vorsätzlich gelegten Brand. Zugegeben, Ihre These hinsichtlich Ihres Angestellten lässt sich möglicherweise nicht aufrechterhalten, aber sie ist stichhaltig: Demnach hätte sich der Brandstifter durch seine Ungeschicklichkeit selbst eingeschlossen.

Hunter schien mir jetzt entspannter zu sein. Die Hände in die Hüften gestützt, spazierte sie über den Asphalt und blickte versonnen in die Abenddämmerung. Wir haben es mit einem Werkstattbrand zu tun. Es gibt zudem einen Leichnam, den Ihres Automechanikers, und Adjutant Bozonet, ich kann es nicht oft genug wiederholen, hat nichts Besseres zu tun, als den Fall zu den Akten zu legen. Aber hier, Seghers, in diesem abgesperrten Bereich, finden wir auf jedem Quadratmeter zahllose Hinweise. Es gibt eine Fülle von Indizien, die geeignet sind, den Schuldigen zu entlarven. Wir müssen uns nur mit etwas Geduld wappnen. Das habe ich auch dem Polizisten gesagt: Sie sind etwas zu schnell unterwegs, mein lieber Adjutant, in dieser lausigen Gegend hatten Sie wohl noch nie einen Kriminalfall zu lösen? Schauen Sie sich Vesoul, Luxeuil-les-Bains, Gray an, werfen Sie einen Blick nach Belfort, den benachbarten Gerichtsbezirk, Sie werden sehen, dort wird mindestens ein Todesfall im Monat bearbeitet: ein Jagdunfall, ein Mord aus Leidenschaft, eine Abrechnung unter Ganoven, Familienstreitigkeiten, ein ertrunkenes Kind in einem Bach oder eine Strangulation. Ich dagegen verbringe meine Zeit damit, zu Recht oder Unrecht Beschuldigte zu verfolgen, denn zu Ihrer Erinnerung: In Versicherungsfällen sieht man merkwürdige Dinge, man hat es mit Verrückten oder Zurückgebliebenen zu tun, die für fünf Euro ein Verbrechen begehen.

Ich stimmte ihr zu: Die Polizei nehme die Sache etwas zu leicht, ich könne die Reaktion der Ermittlerin verstehen. Adjutant Bozonet, fuhr sie fort, hat mich ermahnt, ihm nicht ins Gehege zu kommen. Ich habe ihm geantwortet, ich könne auch gehen, meine Arbeit sei getan. Wissen Sie, ich kenne den großen Blondschopf, wir sind uns bei zahllosen Untersuchungen begegnet. Sein Vater ist Colonel Bozonet, Leiter des Amts für öffentliche Ordnung des Départements. Es heißt auch, der Adjutant habe sich an der Militärschule Saint-Cyr beworben ... und sei durchgefallen. Das kommt vor.

Es wäre eine echte Erlösung gewesen, wenn sie, wie angedeutet, endlich verschwinden würde, dachte ich, als ich Hunter so sah. Diese Frau, ich kann es nicht genug wiederholen, war der Ausgangspunkt all meiner Schwierigkeiten. Das hatte ich, wenn auch recht vage, von der ersten Minute vorhergesehen. Ich ahnte schon die endlosen Fragen, Bemerkungen, die Seghers hier, Seghers da, zumal sie mir soeben mit einer spitzen Bemerkung angekündigt hatte, sich in meinem Büro einzurichten, denn im Gegensatz zu dem, was ich vorgebracht hätte, habe das Löschwasser den Shop, die Aktenordner, das Autozubehör und das Archiv ja verschont.

20

Jetzt saß die unermüdliche Hunter in meinem Lehnsessel und räumte meine Aktenordner aus, mit denen Schreibtisch und die Regale überhäuft waren. Ich legte ihr ans Herz, auf meine Bankauszüge aufzupassen, diese Papiere brauche ich noch, wissen Sie, Hunter, da geht es um meine Vorladung beim Handelsgericht. Immerhin entschuldigte sie sich, doch ihre Haltung änderte sich nicht: Wo waren wir stehen geblieben, Seghers?

Ich lenkte ihre Aufmerksamkeit auf Usmans Schuld, die ich folgendermaßen darlegte: Sie wollten mir gerade sagen, dass Usman vielleicht, ja, überrascht worden sei, als er das Feuer legte, und dass Sie den Beweis dafür finden könnten.

Doch sie bremste meinen Enthusiasmus, und ich bedauerte, mich zu weit aus dem Fenster gelehnt zu haben. Übertreiben Sie nicht, Seghers!, im Augenblick beschäftigen wir uns nur mit Vermutungen. Wir müssen ruhig bleiben. So eine Ermittlung birgt manche Überraschung, wie Sie wissen... Dann wechselte sie das Thema: Ich hab's! Ich weiß, wo wir waren. Bei der Inkompetenz des Adjutanten Bozonet.

Hunter blätterte fiebrig in ihrem Notizbuch und blieb auf einer Seite hängen: Dieser Beamte, der nur ein wirklich interessantes Indiz entdeckt hat, findet anschließend einen Weg, dieses Indiz zu vernachlässigen. Kommt nicht oft vor, oder? Er hat etwas über Verriegelung der Werkstatttür notiert, die sich im Gebäudeinneren befindet und zur Bar hinausgeht ... Ich habe es ganz am Anfang aufgeschnappt, gleich bei meiner Ankunft, er sprach mit einem Kollegen darüber. Was meinen Sie dazu? Ich meine gar nichts, Hunter. Ich stelle Ihnen die Frage, weil der Adjutant keinerlei Schlüsse daraus gezogen hat. Und doch wundert mich eines: Die Tür, die von innen zur Bar führte, hätte ein Notausgang sein können, das ist sogar auf dem Notfallplan mit den Anweisungen für den Brandfall vermerkt. Damit hat sich Adjutant Bozonet gedanklich nicht eine Sekunde beschäftigt. Dagegen bestätigte mir der Feuerwehrhauptmann, dass er Ihnen persönlich dieses in Plastik eingeschweißte Notfalldokument übergeben hat, damit es zusammen mit den Notfallnummern an der Wand angebracht wird. Ich erinnere Sie daran, was mir der Feuerwehrhauptmann anvertraut hat, der nach eigener Aussage fix und fertig war, weil er zum ersten Mal in seiner Laufbahn einen verkohlten Leichnam bergen musste; er kannte Ihren Nachtwächter gut. Deshalb haben wir beide nachgesehen und festgestellt, dass jene Tür abgeschlossen war, und das bedeutet, Ihr Usman hatte für den Fall, dass es Probleme geben sollte, nicht für einen Notausgang gesorgt, was in mir Zweifel weckt, ob tatsächlich er das Feuer gelegt hat und nicht vielleicht jemand anders an seiner Stelle.

Der Polizist ist dieser Spur seit Beginn seiner Untersuchungen nicht nachgegangen, ich gebe ihm die Schuld für die Verzögerung bei den Ermittlungen, und deshalb möchte ich morgen zurückkommen, um vor Ort zu überprüfen, was an meinen Überlegungen dran ist. Die Frage der Abfindungssumme tut dabei nichts zur Sache, darüber entscheiden die Gewerbeaufsicht und Ihr Präsident des Handelsgerichts. Auch die Frage nach der Prämie, die für die Versicherung interessant ist, kann man außer Acht lassen. Bleibt nur die Option des Verbrechens.

Tatsächlich ein weites Feld, fuhr sie fort. Ich fragte sie, inwiefern das ein weites Feld sei. Das übersteigt unsere Kräfte, Seghers. Bei dieser Art von Verbrechen, wo es von sachdienlichen Hinweisen nur so wimmelt, kann man kaum irgendwelche Mutmaßungen anstellen. Es hilft also nichts, Sie nach der abgeschlossenen Werkstatttür zu fragen, denn Sie werden antworten, dass Sie sonntagabends immer alles abschließen, natürlich auch die Notausgänge, denn zum fraglichen Zeitpunkt arbeitete ja niemand, außerdem waren Sie allein.

Bleierne Stille … Ich ergriff schließlich das Wort: Was ich hier durchmache, ist schwer auszuhalten. Ich war bei der Bergung des Leichnams dabei, das reicht bei Weitem. Ich hätte gern, dass die Untersuchung jetzt sehr schnell geht, dass man zu einem Ende kommt. Sie sah mich mit verschränkten Armen an. Mir fiel auf, dass sie unter der Kostümjacke eine elegante Bluse in einem hübschen Blassrosa trug, die mit einer karmesinroten, die Rundung des Kragens nachzeichnenden Paspel eingefasst war, was ihr gepflegtes Auftreten unterstrich. Ich nahm Notiz von ihrer Augenfarbe, dieses Mal war es ein ausgesprochen tiefes Blau, fast violett, je nachdem, wie sie ihr Gesicht ins Abendlicht hielt.

Ich konnte in ihren Augen die Absicht lesen, nichts durchschimmern zu lassen, und erklärte mich bereit, bis zum Ende vor Ort zu bleiben. Bis zum Ende wovon, Seghers? Bis zum Ende Ihrer Ermittlungen. Keine Sorge, bei einer Ermittlung dieser Art weiß man nie, wann sie endet … Wir sind das gewohnt. Jedenfalls lässt mir die Versicherungsgesellschaft freie Hand, denn außer einer Klage gegen den Brandstifter hat sie in diesem Fall ja nicht mehr viel zu gewinnen. Befinden sich in diesem Metallschrank Ihre Akten, Seghers? Würden Sie mir gestatten, die Versicherungsunterlagen durchzuschauen und alles, was ich in Bezug auf Usman für sinnvoll erachte? Auch Ihre Kontoauszüge, setzte sie hinzu, nachdem sie sich an den Schreibtisch gesetzt hatte, hinter der pechschwarz gestreiften Scheibe, die auf die Fahrbahn hinausging.

Remedios tauchte wieder auf. Hinter dem Rußfilm auf der Glaswand zeichnete sich ihr Schatten ab, der sich kaum bewegte, kaum zu erkennen war. Sie betrat das Büro. Ich sagte, es sei an der Zeit, dass wir uns unterhielten. Meine Frau drehte sich zu Hunter, die ihr ein Zeichen gab. Die beiden gingen zusammen hinaus. Ich blieb reglos hinter der Scheibe sitzen mit der Befürchtung, Remedios würde sich nun endgültig weigern, mit mir zu reden. Ich täuschte mich nicht. Hunter kam zurück: Remedios lehne es endgültig ab, mit mir zu sprechen. Warum ist sie bloß so wütend auf mich?, fragte ich die Ermittlerin. Habe ich mir meiner Frau gegenüber irgendetwas zuschulden kommen lassen? Fragen Sie nicht mich, Seghers, fragen Sie sie selbst. Wenn nötig, werde ich Sie zu meinen Gesprächen mit ihr hinzurufen. Im Augenblick kann ich Ihnen nur so viel sagen: Sie möchte um jeden Preis wissen, was Usman zugestoßen ist, sie sagt, da stimme etwas nicht, Usman sei ein ausgeglichener Typ gewesen. Sie sagt auch, sie fühle sich sicherer, wenn sie nicht hier übernachte, sie sei nicht bereit zurückzukommen. Wissen Sie, Seghers, welchen Eindruck Sie auf mich machen? Den eines Mannes, der gerade den Kampf um seine Frau verliert. Und was Usman betrifft – Sie sagten mir, Sie hätten den Leichnam gesehen, aber haben Sie ihn wirklich angesehen? Haben Sie genau hingesehen? Der Feuerwehrhauptmann hat mir berichtet, Sie hätten von Anfang an den Blick vom Opfer abgewendet, und auch während des Transports von der zerstörten Werkstatt bis zum Krankenwagen hätten Sie sich nicht bemüht, ihn zu identifizieren. Als wäre es für Sie klar gewesen, dass es sich um Usman handelte und beispielsweise nicht um irgendeinen Herumtreiber. Dabei hatte der Hauptmann Sie gebeten, ihn zu begleiten, dabei zu sein. In dem Moment wollte ich lieber nicht allein sein, das waren seine Worte.

Ich machte auf dem Absatz kehrt. Sie rief mich zurück: Ich sage Ihnen eines, Seghers, doch zuerst will ich Ihnen noch eine Frage stellen. Haben Sie nicht schon genug gesagt? Ich verstehe Ihre Frau, und ich erzähle Ihnen nicht, was ich davon halte. Ich kann nur bestätigen, dass sie ihre persönlichen Sachen zusammengepackt hat, sehr wenig übrigens, und zu einer Freundin gezogen ist. Diese Freundin werden Sie nie zu Gesicht bekommen, weil sie Ihnen nicht traut. Sagen Sie nicht, ich hätte Sie nicht gewarnt, Seghers, hier geht es jetzt nicht mehr um den Brand.

Ich hatte genug und ging entlang des mit Kakteen bepflanzten Grünstreifens und der frisch von Usman gestrichenen, weißen Randeinfassung zu meinem Auto. Hey Seghers, machen Sie sich wenigstens die Mühe zuzuhören …! Hören Sie Ihrer Frau zu! Und wenn Sie dazu nicht in der Lage sind, dann stellen Sie sich die Frage: Was werden Sie nun tun …? Von hier wegfahren, erwiderte ich, sehr weit weg.

21

Bei meiner Rückkehr aus der Stadt war es noch nicht ganz dunkel, ein Auto wartete vor den Zapfsäulen. Ich erklärte dem Fahrer, dass die Tankstelle geschlossen sei. Die Fahrertür ging auf. Es war Salazar. In Gedanken ergänzte ich: Aha, jetzt auch noch der Liebhaber meiner Mutter. Er wollte mit mir sprechen. Ich äußerte Zweifel hinsichtlich einer solchen Unterredung, indem ich ihn daran erinnerte, dass wir uns im Grund kaum kannten und ich nicht wisse, ob er mir willkommen sei. Ohne auf meine Vorbehalte einzugehen, trat er hinter mir in die Küche, setzte sich und wollte – ich konnte es kaum glauben – einen Aperitif. Ich hasste Salazar sofort. Das ist wohl dein Stil, wenn du einen Freund besuchst, bekommst du automatisch mindestens einen Aperitif angeboten, oder wie? Ich wünschte ihn zum Teufel. Salazar nahm keine Notiz davon, weder von meinem abschätzigen Tonfall noch dass ich ihn duzte. Er fragte mich, ob ich wisse, warum er gekommen sei. Ich erwiderte, ich hätte schon genug Schwierigkeiten, wir könnten auch später darüber reden. Da er darauf bestand, holte ich schließlich eine Flasche aus dem Küchenschrank und stellte ein Glas auf den Tisch. Hast du wirklich keine Ahnung, warum ich hier bin, Jean?

Ich wies ihn auf die Versicherungssachverständige im

Büro nebenan hin. Als er sich umdrehte, bemerkte er Hunter, die noch immer über meinen Akten brütete. Es war offensichtlich, dass ihn die Ermittlerin nicht interessierte. Im Gegenteil, er schenkte sich ein. Nachdem er sein Glas geleert hatte, sagte er: Ich wüsste gern, ob du letzten Montag, sagen wir so gegen sechzehn Uhr, bei uns zu Hause warst? Denn ich möchte dich warnen: Dolores hat ihre Ersparnisse gezählt, es fehlt Geld. Ich will dir sagen, dass das nicht in Ordnung ist. Deine Mutter würde nie etwas verlauten lassen, das weißt du genau. Es geht mich ja nichts an, aber du nimmst dir einiges heraus. Dolores weiß nicht, dass ich hier bin. Ich bin allerdings gekommen, um dir klarzumachen, dass die Dinge ab jetzt anders laufen werden. Ich weiß, dass du den Hausschlüssel, die Notfallnummern hast, einverstanden, aber das war das letzte Mal, Jean, dass du so etwas tust. Jetzt bist du vorgewarnt.

Danach spazierte er, die Hände in den Hosentaschen, wie bei einer Inspektion vor der Werkstatt herum, als wäre er bei sich zu Hause. Dann war er verschwunden.

Ich sah mir Reiseangebote im Internet an, suchte Preise für Flüge nach Palermo heraus, wo mein Cousin wohnte, dann buchte ich einen Flug für die kommende Woche. Ich regte mich wieder auf: Warum mischte sich dieser Salazar da eigentlich ein? Es war doch nicht sein Geld. So wie er seine Nase in Dinge steckte, die ihn nichts angingen, riskierte der neue Lebensgefährte von Dolores, ihr Kummer zu bereiten.

22

Hunter saß also bis Anbruch der Nacht allein im Büro, denn trotz meines Kooperationsangebots war mir nicht danach, ihr Gesellschaft zu leisten.

Am nächsten Morgen ließ sie sich von Neuem blicken. Ich packte gerade einen Stapel Sommerhemden in den Koffer. Bei der Ermittlerin, die auf der Schwelle stehen geblieben war, läuteten die Alarmglocken: Jetzt sagen Sie bloß nicht, dass auch Sie das Haus verlassen! Wollen Sie verreisen? Ich trat auf die Fahrbahn hinaus und antwortete auf dem Weg zur Bar: Keine Reise, nein, nur ein wenig Luft holen.

Ich müsse auf andere Gedanken kommen, rechtfertigte ich mich. Dann verriet ich ihr, dass ich vorhatte, meinen Cousin väterlicherseits zu besuchen, und sie fragte, ob ich oft zu diesem Cousin reiste? Mit ruhiger Stimme bedeutete sie mir, es sei eher in meinem Interesse, hier zu bleiben, abgesehen davon sei ich verpflichtet, meine Reisepläne bei der Polizei anzuzeigen, die mir sowieso verbieten würde, die Gegend zu verlassen. Dies ist nicht der geeignete Moment, zu verschwinden, Seghers, zumal ich weitere Fragen habe. Wenn Sie gestatten ...? Unterbrechen Sie mich, wenn ich auf dem Holzweg bin: Sie unterhielten eine freundschaftliche Beziehung zu Ihrem Nachtwächter. Hat es außer mit der ausstehenden Abfindung nie Probleme zwischen Ihnen gegeben? Ich antwortete, Usman habe immer hier gearbeitet, die neue Geschäftsleitung hätte ihn bestimmt wieder eingestellt oder er wäre, wenn er es gewünscht hätte, in den Genuss einer Umschulungsmaßnahme gekommen. Sie verstehen also nicht, was ihn dazu getrieben haben könnte, wie Sie sagen, die Werkstatt anzuzünden? Mir fällt nichts ein außer den finanziellen Problemen, gab ich an. Aber Sie wissen nichts über das Privatleben des Burschen? Sie haben keine Ahnung von seinem Leben außerhalb der Tankstelle, richtig? So ungefähr, ja. In dem Fall wäre es angebracht, wenn Sie Ihre Pläne zum Besuch Ihres Cousins fallen lassen würden. Aber keine Sorge, Seghers, sobald ich fertig bin und die Polizei Ihnen die Erlaubnis gibt, können Sie abreisen.

Ich hätte alles getan, um Hunter von ihren Vorhaben abzubringen, ihr ein für alle Mal bedeutet, dass mir ihre Anwesenheit lästig sei, und so schob ich einen Anruf bei meinem Cousin vor. Im Grunde genommen musste ich mir keine großen Sorgen machen, wie ich mir vor Augen führte, während ich mich entfernte. Diese Frau hatte, mochte sie auch eine Expertin sein, keinerlei Beweise. Sie hielt mich im Büro zurück mit der fortwährenden Frage, ob ich ernsthaft meine Reisepläne verfolgte, ob ich ohne meine Frau verreisen wolle … Übrigens, hat Ihre Frau …?

Ich erfuhr nicht, was ihre Frage war. Sie drehte sich um. Mitten auf der Zufahrt stand Adjutant Bozonet, im Hemd, denn es war bereits heiß. Ich bemerkte bei dieser Gelegenheit, dass sich drei seiner Kollegen von der Kriminaltechnik am Brandort zu schaffen machten.

Er grüßte Hunter mit einem verhaltenen Handzeichen, ohne sich von der Stelle zu rühren. Und wieder beschlich mich die Überzeugung, dass die Gegenwart des Adjutanten meine Chance sei. Der Polizist trat näher: Es störte ihn nicht, dass die Sachverständige ihre eigenen Ermittlungen anstellte, er war damit einverstanden, auch wenn sie sich seiner Meinung nach nicht in Dinge einmischen sollte, die sie nichts angingen. Er verkrampfte sich, blinzelte, war offensichtlich eingeschüchtert vom Entschluss der Ermittlerin, ihn ins Büro zu bitten, dessen Tür ich geöffnet hatte, ihm dort einen Stuhl anzubieten und in energischem Tonfall eine Unterhaltung mit ihm zu beginnen: Nun, Monsieur Adjutant, wie steht's? Er stammelte etwas zu seiner Entschuldigung und brachte dann, ohne zu verheimlichen, wie peinlich es für ihn war, etwas deutlicher vor, er sei vom Führungsstab der Gendarmerie und dem Chef seiner Einheit gerügt worden. Es sei jetzt die Rede davon, die Ermittlungen wieder aufzunehmen. Doch der sichtlich angespannte Polizist hatte keine Ahnung, ob es zusätzliche Indizien gab, und er fühlte sich hilflos. Automatisch schob er seine Ärmel hoch, achtete dabei auf die Bügelfalte, setzte sein Käppi auf und sah mit zusammengepressten Lippen die Ermittlerin an, die ihn fragte, ob er diesmal zu einer gründlicheren Untersuchung des Falls bereit sei.

Dann bat sie mich, draußen zu warten, und ich kehrte in unser Schlafzimmer zurück, um meine Anziehsachen aufzuräumen und Ordnung unter Remedios' Kleidungsstücken zu schaffen, die aus den Schubladen gezogen und über die Möbel verteilt waren, der Beweis dafür, dass meine Frau meine kurze Abwesenheit während des Gesprächs mit Hunter genutzt hatte, die zweifellos mit ihr unter einer Decke steckte. Nach ihrem Blitzbesuch hatte sie die Wohnung hastig verlassen und einiges mitgenommen, darunter ihren Kulturbeutel. Ich zog den Vorhang des Fensters auf, das auf den Rasen hinausging, Licht fiel ins Zimmer. Die Schubladen standen offen wie nach einem Einbruch. Schließlich räumte ich ein paar Kleinigkeiten weg, darunter die Schmuckstücke, die ich ihr vor einiger Zeit geschenkt hatte. Dabei fiel mir der Tag unserer Verlobung in Italien ein, unsere Spaziergänge am Lido. Ich schloss meinen Koffer.

Draußen vor der Bar stand ein Tisch. Der Polizist und Hunter hatten sich in die Sonne gesetzt, mit Blick auf die Brandstätte. Das Käppi des Adjutanten lag zusammen mit seinem Notizbuch neben einem Aschenbecher, die Ärmel seines Hemds hatte er jetzt lässig bis zum Ellbogen hochgekrempelt. Als ich zu ihm ging, bemerkte ich zudem, dass er den Gürtel ein Loch weiter geschnallt hatte. Er lächelte entspannt, spielte mit dem Drücker seines Kugelschreibers und schien Scherze zu machen. Völlig anders als sein Verhalten kaum eine Stunde zuvor. Ich spitzte die Ohren. Leises Gelächter begleitete ihre Unterhaltung. Was für eine Überraschung! Offensichtlich schätzte die Ermittlerin seinen Sinn für Humor.

Ich war keineswegs unglücklich darüber, dass sich Hunter mit Bozonet amüsierte, vielleicht würde das die Ermittlerin dazu bringen, die Zügel etwas schleifen zu lassen. Als ich mich anschickte, zu ihnen zu gehen, um ihnen zu zeigen, dass ich zurücksteckte und trotz gepackter Koffer gewillt war, den weiteren Verlauf der Ermittlungen abzuwarten, bestellte sie bei mir, ohne sich einen Zwang anzutun, zwei gut gekühlte Bier. Ich servierte die Getränke, eine Aufgabe, die normalerweise Remedios zufiel, aber Remedios war nicht mehr da. Ich überließ sie ihrem Gespräch und kümmerte mich um das Gepäck. Eine Stunde später trat die Ermittlerin in die Küche: Ich will Ihnen etwas zeigen, kommen Sie mit! Sie schlug den Weg zur Werkstatt ein. Ich warnte Hunter, ich sei nicht darauf eingestellt, im Brandschutt herumzuwühlen, doch dieses Mal forderte sie mich wortlos auf, in ihr Auto zu steigen, und wir fuhren los.

Ausgangs der Stadt fragte sie mich, ob ich die Gegend kenne, ich erwiderte, hier gebe es nichts Besonderes zu sehen, dann hielten wir vor Usmans Wohnhaus.

23

Die Kinder waren nicht da. Hunter erklärte, der Sozialdienst würde sich einige Tage um sie kümmern. Amina sei verfügbar und gern zu dieser Gegenüberstellung bereit. Das ist der richtige Zeitpunkt, betonte die Ermittlerin, und ich erklärte meine Vorbehalte. Ich zöge es vor, sie nicht zu treffen. Zu schwierig nach dem Brand. Außerdem, Hunter, zu Ihrer Erinnerung, diese junge Frau ist nicht besonders gut auf mich zu sprechen. Meiner Meinung nach habe ich hier nichts zu suchen.

Amina öffnete, sie schien sich nicht im Geringsten zu wundern, dann bat sie uns herein, wobei sie mir gegenüber sehr frostig war. Ich schloss daraus, dass unser Besuch angekündigt worden war. Vielleicht hatte sie ihn sogar erhofft. Hunter hatte mich vorgewarnt, das Gerücht gehe um, Usman habe guten Grund gehabt, die Werkstatt anzuzünden, um sich an seinem Arbeitgeber zu rächen, er sei in seine eigene Falle getappt. Was mir hinsichtlich des Besuchs bei Amina zunächst noch sehr ermutigend schien, wenngleich sich bei mir neben all den Ungewissheiten, die auftauchten, als Amina vor mir stand, zu viele Zweifel darüber einstellten, was ich hier eigentlich zu suchen hatte.

Hunter ging mir voraus und betrat den Flur. Sie verlor keine Zeit und bat Amina umgehend, vor mir zu wiederholen, was sie am Vorabend im Polizeirevier ausgesagt hatte. Amina habe sich dort in der Tat einem Verhör unterzogen, erzählte mir Hunter. Einem strengen und ausführlichen Verhör durch einen Kollegen von Bozonet, wie die Ermittlerin ausdrücklich hervorhob. Dabei blickte sie mich auf eine Weise an, die sie besonders gut beherrschte. Ein leichter Schauder lief mir über den Rücken. Nur verstünde ich einfach nicht, was ich hier sollte, wandte ich erneut ein, und dass ich nicht die geringste Lust dazu hätte.

Dann stellen wir doch mal eines klar, Seghers: Sie haben letzte Woche Amina aufgesucht. Sie gibt an, Sie seien unangekündigt zu ihr gekommen, zu einem Zeitpunkt, als ihr Mann mit den Kindern im Park gewesen sei. Sie hätten, wie sie erwähnte, außer dieser Geschichte mit der Akte keinen klaren Grund für Ihren Besuch gehabt. Zudem sei es das erste Mal gewesen, dass Sie bei ihr angeklopft hätten, behauptete sie weiter, vorher nie. Amina verstand Ihr Verhalten nicht, doch sie erklärte uns, Ihr Besuch habe sie so beunruhigt, dass sie zuerst nicht gewagt habe, ihrem Mann davon zu erzählen. Deshalb frage ich Sie jetzt.

Ich erinnere mich nicht an die genauen Umstände dieses Besuchs, es ist belanglos, erklärte ich und vergaß dabei nicht hinzuzufügen, dass es nicht zu meinen Gewohnheiten gehöre, junge Frauen aufzusuchen, wenn ihr Ehemann nicht zu Hause ist. Aber Seghers ..., Hunter verzog das Gesicht, es geschehen seltsame Dinge, Sie müssen sich also deutlicher ausdrücken. Wir haben Usmans Gewohnheiten überprüft, offenbar war es völlig klar, und das entspricht Aminas Aussage, dass sie allein war. Ich spreche nicht von einem Höflichkeitsbesuch, ich unterstelle Ihnen auch keine bösen Absichten, ich sage nur, dass diese junge Frau sehr besorgt war, als Sie wieder gingen, denn Sie sind nicht länger als zehn Minuten geblieben, doch diese zehn Minuten haben genügt, um eine junge Mutter zu beunruhigen.

Ich weise Sie darauf hin, dass Amina sehr sensibel ist, sie kann also jedes Wort negativ auslegen. Um mit ihr unter vier Augen zu sprechen, mussten Sie natürlich zu einem Zeitpunkt kommen, als Usman im Park unterwegs war. Man braucht dafür ein Zeitfenster: Man muss wissen, wann Usman das Haus verlässt, um in den Stadtpark zu gehen, wie lange er auf dem Spielplatz zubringt, und wie viel Zeit er benötigt, um mit den Kindern zurückzukehren, die ihren Fußball dabeihatten. Dazu muss man vor Ort sein, vor dem Gebäude stehen, wenn Usman das Haus verlässt. Folglich müssen Sie ihn ausspioniert haben, um mit Sicherheit zu wissen, dass Sie freie Bahn hatten.

Diese Anschuldigungen, erklärte ich, verschlügen mir die Sprache. Dann führte ich mit einem gewissen hohen Ton ins Feld, dass sie dieses Mal wirklich zu weit gehe. Und sollte es hinsichtlich des Todes meines Nachtwächters als Ultima Ratio einen mehr oder weniger gut formulierten Verdacht gegen meine Person geben, sähe ich mich jederzeit imstande, eidesstattlich zu versichern, dass es dazu keinen Grund gibt. Daraufhin sah mich die Ermittlerin mit einem Lächeln in den Mundwinkeln an, das ich als spöttisch bezeichnen würde, und nach einem Moment des Schweigens meinte sie: Nur weiter so, Seghers ... Tun Sie sich keinen Zwang an.

Ich fuhr also fort. Wie können Sie so etwas behaupten?

Wie können Sie glauben, ich hätte dem Ehemann dieser Frau nachspioniert? Sie versteht gerade mal, was ich zu ihr sage, und ich kann Ihnen versichern, sie spricht vielleicht nicht wie wir, aber beim Tratschen kennt sie sich aus. Sie wissen doch ... am Tag vor dem Brand hatten wir ein Barbecue. Und stellen Sie sich vor, auch sie war eingeladen, und da hat sie kein einziges Mal, ich betone, kein einziges Mal auf meinen Besuch angespielt ... Vergessen Sie das Barbecue, Seghers!, fiel mir die Ermittlerin ins Wort. Sehen wir uns lieber an, was folgte: Diese junge Frau erklärte weiter, Sie hätten Drohungen ausgesprochen, die ich allerdings als versteckte Drohungen bezeichnen würde, das heißt, dass Ihre Gesprächspartnerin zum Zeitpunkt Ihres Besuchs nicht genau verstanden hat, was die Dinge bedeuteten, die Sie ihr sagten.

Das ergibt keinen Sinn, wiederholte ich: Wir sollten schon präzise sein, verehrte Ermittlerin, ich habe Amina gegenüber kein falsches Wort gesagt. Hunter jedoch beharrte auf dem Gegenteil: Falls dem so war, soll ich daraus schließen, dass Amina geträumt hat? Dass sie Sie nie gesehen hat? Es fällt mir schwer, das zu glauben. Ich stelle zum wiederholten Male fest, Seghers, dass Sie eine Menge beiläufige, häufig sehr ungenaue, nahezu unverständliche, interpretationsbedürftige Sätze absondern, die unter Umständen als verkappte Drohungen aufgefasst werden können. Haben Sie diese Frau zum Beispiel gefragt, ob ihr am Umgang ihres Mannes Zweifel gekommen seien? Was soll sie einem solchen Satz entnehmen? Eigentlich doch nur, dass sie besser nicht mit ihrem Mann darüber spricht, oder? Denn sie will ihn nicht auch noch beunruhigen. Das hat sie jedenfalls bei der Polizei ausgesagt, Wort für Wort.

Es wäre mir lieber gewesen, wenn sich eine solche Szene nicht vor Amina abgespielt hätte. Als wir die Wohnung verließen, weigerte ich mich eine Weile, in den Wagen der Ermittlerin zu steigen, ich würde den Weg kennen und könnte allein nach Hause gehen. Doch Hunter verlor nicht die Geduld und überzeugte mich schließlich. Auf der Fahrt riet sie mir erneut, anders als geplant, die Gegend nicht zu verlassen und mich an die polizeiliche Weisung zu halten.

24

Hunter setzte mich vor der Tankstelle ab. Die Hände am Lenkrad und bereit zur Weiterfahrt, erklärte sie mir, sie habe ihre Ermittlungen beendet und würde noch vor Tagesende ihre Ergebnisse der Versicherungsgesellschaft überreichen. Ich solle mich also darauf gefasst machen, in ein paar Tagen Post von ihr zu bekommen, darunter eine Strafanzeige wegen Betrugs bei der Schadenserklärung. Ich begnügte mich damit, die Autotür zu öffnen, ohne eine Reaktion zu zeigen, ohne eine ansatzweise Erklärung von ihr zu verlangen, und setzte mit dem lautstarken Wunsch, ihr nie wieder zu begegnen, meinen Fuß auf die Fahrbahn.

Als ich in der Mitte der Zufahrt stand, stellte ich fest, dass meine Frau entgegen aller Hoffnungen nicht zurückgekehrt war. Eine Sache beschäftigte mich: Solange sie die Wahrheit nicht kannte, hatte Remedios eigentlich keinen Grund, mir etwas zu verübeln. Und niemand außer mir kannte die Wahrheit. Ich packte meinen Koffer fertig: meine Sommerkleidung, die letzten sauberen Hemden und meinen Anzug.

Adjutant Bozonet hatte sich im Büro eingeschlossen. Ich bemerkte ihn hinter der rußverschmierten Glaswand, während er telefonierte. Dabei sah ich einen meiner Rechnungsordner aufgeschlagen vor ihm liegen. Vielleicht, dachte ich, steht auch die Erfüllung meines Wunsches unmittelbar bevor und auch der Adjutant würde verschwinden, doch der Polizist kam mit angespanntem Gesicht auf mich zu. Er bat mich, ihn ins Büro zu begleiten, ihm gegenüber Platz zu nehmen.

Während ich mir einen Stuhl suchte, nutzte ich den Moment, um kurz nachzudenken. Beim Mord an Usman hatte ich auf meine vermeintliche Ahnungslosigkeit über den Ehebruch gebaut. So hatte ich weder ein Motiv noch einen ersichtlichen Grund, diesem Burschen nach dem Leben zu trachten. Doch eine Bemerkung der Ermittlerin, die ich zunächst nicht weiter beachtet hatte, schien mir auf einmal erhellend: Bei Polizisten muss man immer auf ein Wunder gefasst sein, hatte sie auf dem Rückweg von Amina gesagt.

Der Adjutant verkündete mir, er und die Versicherungssachverständige hätten es geschafft, ihre sachdienlichen Informationen abzugleichen. Dennoch beklagte er, sie hätten bisher keine handfesten Beweise. Nur Mutmaßungen, Seghers!

Das alles kam mir zupass.

Wie ich Ihnen, schon einige Stunden nachdem das Feuer gelöscht war, angekündigt hatte, müssen wir, Sie und ich, uns jetzt unterhalten. Erinnern Sie sich? Dann wird Ihnen klar sein, dass ich stets meine Versprechen halte. Ich habe noch Bedenken, eine dunkle Stelle in meinen Überlegungen, und Sie sollen mir helfen, diese zu beseitigen. Sie hatten ein letztes Gespräch mit Brigitte Hunter, die es bestimmt nicht versäumt hat, Sie von ihrer Abreise in Kenntnis zu setzen. Das kann ich Ihnen bestätigen.

Sie müssen allerdings wissen, dass die Versicherungssachverständige in den letzten vierundzwanzig Stunden keine Zeit verloren hat. Sie werden es vielleicht amüsant finden, aber wissen Sie, mit wem sie sich letzte Nacht intensiver unterhalten hat, nachdem sie Sie hier abgesetzt hatte? Ich betrachtete Bozonets Silhouette im Gegenlicht. Trotz der Rußschlieren an der Glaswand musste ich wegen der Sonnenstrahlen die Augen zusammenkneifen. Hunter hat Ihre Frau in die Mangel genommen ... Ich zuckte mit den Schultern, um Gleichgültigkeit vorzutäuschen. Was geht mich das an? Hunter kann sprechen, mit wem sie will ... Ja, Seghers ... Sie wollte mit Ihrer Frau sprechen. Und wissen Sie was, Hunter hat dabei einiges erfahren.

Er streckte seine langen Beine unter dem Tisch aus, indem er sich gegen die Rückenlehne des Schreibtischstuhls drückte. Dann beugte er sich zu mir vor, ohne mich aus den Augen zu lassen, doch diese Körpersprache war ich schon von Hunter gewöhnt. Sie überraschte mich nicht.

Alles hatte einen Ausgangspunkt, und ich frage Sie: Wussten Sie, dass Usman, Ihr Mechaniker, Alphabetisierungskurse besucht hat? Ich antwortete, ich hätte schon einmal davon gehört, das sei vor seiner Anstellung bei der Tankstelle gewesen, aber offen gestanden, ich kann nicht erkennen, in welcher Beziehung das zu unserem Fall steht...

Wissen Sie mehr darüber ...? Oder ist das alles, was Sie gehört haben ...?, fuhr Bozonet fort. Ich weiß, dass es sich dabei um Abendkurse gehandelt hat, antwortete ich ungeduldig, die ein Verein im *Maison pour Tous* angeboten hat, dem Bürgerhaus in dem Viertel, wo Usman lebte. Und wissen Sie auch, wer diese Kurse gab? Nein, dafür habe ich mich nie interessiert. Es war Ihre Frau. Hunter und ich schlossen daraus, dass Remedios mit Usman bekannt war. Ich bin also dem Rat der Versicherungssachverständigen gefolgt und habe ein wenig nachgebohrt. Sie wissen nicht zufällig, wer diese Kurse für Migranten der ersten Generation bezahlt hat? Kopfschütteln bei mir. Beinahe hätte ich gesagt, die Frage, ob die Kurse kostenpflichtig oder kostenlos waren, sei wirklich meine letzte Sorge gewesen! Doch ich schwieg. Ihre Frau hat sie bezahlt. Im Verlauf der Unterhaltung rückte Remedios nach und nach damit heraus, dass sie ein Verhältnis mit Usman hatte. Sie dagegen haben immer von Walden gesprochen. Doch Walden ist etwas anderes, er ist ein alter Schulfreund aus dem Lyzeum. Er und Remedios besuchten zusammen die Abschlussklasse und hatten dieselben Leistungsfächer. Mehr braucht es nicht, um befreundet zu bleiben.

Unmöglich, erwiderte ich. Ich glaube Ihnen kein Wort. Er irre sich, denn zwischen Remedios und meinem Nachtwächter sei nie etwas gewesen, nie, garantiert nicht. Das könne ich versichern, denn wie hätte mir so etwas entgehen können. Während Walden ... Der Adjutant beobachtete mich mit wachsender Aufmerksamkeit und sagte: Die Verbindung zu Usman ist ein Handy.

Da ist noch etwas, fuhr Adjutant Bozonet fort, der seine Überlegungen mit größter Vorsicht und Schritt für Schritt voranzubringen schien. Wissen Sie, wo das Problem liegt, Seghers? Ich ließ mir kurz Zeit, zögerte, und sagte trotzdem: Ich kann mir denken, worauf Sie hinauswollen! Ich soll Ihnen sagen, wie ich es angestellt haben könnte, wenn ich meinem Nachtwächter etwas hätte antun wollen?

Ich hätte nicht den Ausdruck gewählt, dass Sie ihm etwas antun wollten, ich hätte gesagt, dass Sie ihn bei lebendigem Leib verbrannt haben, gab Bozonet zurück. Ich bestelle Ihre Frau nicht ein, ich könnte es aber tun, wenn die Situation es erfordert, fuhr er fort. Doch ich glaube, ich kann ihr eine so entsetzliche Begegnung ersparen. Soll ich Ihnen jetzt mal etwas über Usman erzählen? Ihnen sagen, was das für ein junger Mann und Familienvater war, bevor er auf die schlimmste Art und Weise ermordet wurde …? Sie können mir erzählen, was Sie wollen, erwiderte ich.

Hinsichtlich der Aussage Ihrer Frau muss ich Ihnen noch eine Frage stellen, Seghers: Erinnern Sie sich an das Armband, das Sie Ihrem Mechaniker geschenkt haben? Ich sagte Ja. Was haben Sie sich dabei gedacht? Der Adjutant beugte sich mit verschränkten Armen, die Ellbogen auf dem Tisch, zu mir vor. Ich dachte, dass er diesen persönlichen Gegenstand nicht ablehnen würde … Ihre Frau, entschuldigen Sie, wenn ich Sie unterbreche, Seghers, Ihre Frau hat sich an dieses goldene Armband erinnert, das sie in Venedig, genauer gesagt, bei einem Juwelier am Lido, gekauft hatte. Remedios hat absolut nichts von Ihrer Reise vergessen. Sie hat sehr bewegt von diesen drei Urlaubstagen gesprochen, Hunter war ganz gerührt von ihrer Schilderung und hat die Geschichte dann mir weitererzählt. Remedios erinnerte sich an Ihre Spaziergänge entlang der Lagune, dann an das Grand Hotel Excelsior, das sie zusammen betreten, zuletzt hat sie uns ihren Wunsch anvertraut, eines Tages mit Ihnen nach Venedig zurückzukehren! ... Mit Ihnen, Seghers! Verstehen Sie ...? Wir hörten ihr ungläubig zu. Und ich dachte bei jedem Satz, entschuldigen Sie diese Vertraulichkeit, ich dachte: Nicht zu fassen, dass das alles mit einem Verbrechen endet.

Ich entgegnete meinerseits, dass auch ich von dieser Reise erzählen könne. Wenn ich Sie daran erinnern darf, es war unsere Verlobungsreise. Eben, Seghers! Ich komme auf dieses Armband zurück. Sie erinnern sich daran, ausgezeichnet ... Es sei eine erste Anzahlung auf seine Abfindung, erklärte Usman Ihrer Frau am letzten Abend seines Lebens vor dem Country Club. Remedios hatte bemerkt, dass Sie dieses Armband nicht mehr trugen, doch sie wusste nicht, dass Sie es Ihrem Nachtwächter überlassen hatten. Remedios staunte also nicht schlecht, als er das goldene Armband aus seiner Tasche zog, Ihre Frau erkannte es sogleich und wunderte sich sehr darüber, wie dieser Gegenstand in die Hand ihres Geliebten gelangen konnte. Sie erinnerte sich natürlich, dass sie das Armband am Lido für ihren Mann gekauft hatte. Deshalb fragte sie Usman, wie er dazu gekommen war, und Usman verriet ihr, was hinter dem Geschenk seines Chefs steckte.

Ich wandte mich der Tür zu, wollte das Büro verlassen. Bozonet legte seine Hand auf meinen Arm, nicht um mich zurückzuhalten, sondern um mich zu beruhigen, wie er behauptete. Geben Sie mir die Zeit, diese Sache abzuschließen, Seghers. Alles Weitere sehen wir später. Ich habe also folgende Vermutung: Ihre Geste, Usman dieses Armband zu überlassen, als er eines Tages mit Nachdruck seine Abfindung bei Ihnen einforderte, zeigte in seinen Augen, dass Sie diesem Gegenstand keinerlei Wert beimaßen. Stellen Sie sich das vor, ein goldenes Armband! Kurz und gut, er hat nicht einmal daran gedacht, es zu verkaufen.

Worauf wollen Sie hinaus?

Ich möchte damit nur sagen, dass Usman diese Geste nicht vergessen hatte. An besagtem Abend vor dem Country Club erklärte er Remedios: So etwas tut man nicht. Man benutzt kein Geschenk, um seine Schulden zu begleichen, besonders nicht, wenn es ein Geschenk von der eigenen Frau ist. Ich habe ein schlechtes Gewissen deswegen. Usman habe ihr den Schmuck zurückgegeben, hatte sie hinzugefügt.

Und was, Seghers, soll ich jetzt daraus schließen …? Warum hat er das getan? Genau an jenem Abend? Weil er zu Ihnen kommen würde. Und warum sollte er Sie aufsuchen? Weil Sie ihn angerufen haben. Das ist keine Vermutung mehr. Remedios hat es bestätigt und schwarz auf weiß zu Protokoll gegeben.

Nach Ihrem Anruf erklärte Usman Remedios, es gebe ein Problem in der Werkstatt, Sie bräuchten seine Hilfe. Er wolle kurz vorbeischauen. Es würde ihn alles in allem etwa eine halbe Stunde kosten. Er könne seinem Chef damit einen letzten Dienst erweisen, fügte er hinzu. Und er würde die Gelegenheit nutzen, sein Geld abzuholen.

Das ist noch nicht alles, was Remedios ausgesagt hat. Sie gab auch an, Usman habe den Schuldschein, den Sie am Abend zuvor unterzeichnet hatten, mit einer Plastikhülle geschützt tatsächlich in der Gesäßtasche seiner Shorts getragen. Am Telefon erzählten Sie Ihrem Mechaniker, außer der Panne mit dem Schweißgerät, das Ihnen Schwierigkeiten bereite, hätten Sie auch den noch fehlenden Betrag seiner Abfindung in bar zur Hand. Was natürlich nicht stimmte, aber darauf kommt es nicht an. Und den besagten Schuldschein wollte Usman im Tausch mit dem ausstehenden Betrag in Ihrer Gegenwart zerreißen. So hat er es Ihrer Frau erklärt.

Ich denke, Sie haben ihm bei seiner Ankunft trotz Ihres Versprechens, ihm sein Geld auszuhändigen, gar nicht die Zeit gelassen, diesen schnöden Zettel mit der Schuldverschreibung vor Ihren Augen zu zerreißen, sondern ihn gleich in die Werkstatt geführt. Nun steht Ihre Aussage gegen die Ihrer Frau, einen anderen Ausgang der Ermittlungen sehe ich nicht. Es sei denn, Sie offenbaren sich.

Zuletzt fragte mich der Adjutant, ob ich alles verstanden hätte und die Tat zugeben würde.

25

Bozonet ging einen Augenblick hinaus. Wegen eines Telefonats, rechtfertigte er sich und ließ seine Akte offen liegen, dazu ein in einem Karton verpacktes, altrosafarbenes Hemd und seinen ewigen Kugelschreiber. Als er das Büro verließ, drehte er sich kurz zu mir um. Mit einem Handzeichen schien er mir zu bedeuten, es könne noch etwas folgen. In Gedanken versunken hörte ich von Weitem seine Stimme, als er sich mit den Kollegen von der Kriminaltechnik austauschte. Ich wog im Geist die Worte ab, die ich einzeln aussprechen würde, bevor man mich der Gendarmerie überstellte: Ich gebe die Tat nicht zu.

Mein Blick fiel auf die erste Seite der Akte, die auf dem Tisch lag. Vor mir, auf dem Kopf stehend, aber leicht zu erkennen, eine Aufnahme von Usman und Amina mit ihren Kindern, in sommerlicher Kleidung, vielleicht am Meer. Hinter diesem Familienbild steht meine Geschichte, die noch nicht zu Ende ist, dachte ich.

Plötzlich ertönte die Stimme von Bozonet, der ins Büro zurückgekehrt war und mich wissen ließ, dass Remedios aufgrund der Beharrlichkeit des Adjutanten bereit war, mir vor der Überstellung zur Gendarmerie gegenüberzutreten. Man riskiert immer, dass einem irgendwelche Indizien entgehen, danach ist es zu spät und man bereut es ein Leben lang, erklärte er.

Außerdem wollte der Adjutant wissen, ob ich mich, nach allem, was ich getan hätte, in der Lage fühlte, Remedios' Blick standzuhalten. Ja, antwortete ich. Meine Frau trat ein, er bat sie, am Tisch Platz zu nehmen. Mir fiel wieder ein, was der Adjutant hinsichtlich Remedios gesagt hatte: meine Aussage gegen ihre. Man musste diesen Satz nur umstellen, überlegte ich, dann ließe er sich widerlegen: ihre Aussage gegen meine. Das genaue Gegenteil. Und das ist noch nicht einmal abweichend von der Logik.

Konkret zielte ich also darauf ab, dass meine Frau ihre Version von der Tat abänderte und nichts mehr zu diesem Telefonanruf aussagte, dass sie widerrief und eidesstattlich versicherte, sie habe vom Inhalt des Gesprächs nie etwas gewusst. Damit schließlich jede Spur dessen, was ich an jenem Abend am Telefon gesagt haben könnte, vollständig vom Mantel des Schweigens verhüllt würde. Damit ich gerettet wäre.

Und Remedios änderte ihre Aussage bezüglich der Tat. Das schrieb sie vor meinen Augen nieder, unter meinen Augen lief ihre Hand übers Papier.

Kriminalliteratur bei Liebeskind

James Sallis
Der Killer stirbt

Aus dem Englischen von Jürgen Bürger und Kathrin Bielfeldt
Roman, 252 Seiten, ISBN 978-3-935890-78-6

Ein todkranker Killer erhält einen letzten Auftrag. Er soll einen unscheinbaren Buchhalter zur Strecke bringen. Langsam umkreist der Killer seine Beute, um im richtigen Moment zuzuschlagen – doch ein anderer kommt ihm zuvor. Der Buchhalter wird von einem Unbekannten niedergeschossen, überlebt jedoch den Anschlag und wird schwer verletzt in ein Krankenhaus eingeliefert. Die Polizei steht vor einem Rätsel. Alles deutet darauf hin, dass der Mordversuch das Werk eines Profis war. Aber warum sollte gerade ein Profi an dieser scheinbar leichten Aufgabe scheitern? In der Hoffnung, mehr herauszufinden über seinen geheimnisvollen Konkurrenten, nimmt der Killer heimlich Kontakt zur Polizei auf ... und macht eine furchtbare Entdeckung.

»Ein großer amerikanischer Roman.«
DIE ZEIT

Kriminalliteratur bei Liebeskind

David Peace
Tokio im Jahr Null

Aus dem Englischen von Peter Torberg
Roman, 448 Seiten, ISBN 978-3-935890-76-2

Tokio, 1946: die Hölle auf Erden. Die Stadt liegt in Trümmern, ebenso wie die Seelen ihrer Bewohner. Es herrschen Angst und Korruption, niemand ist der, der er zu sein vorgibt. Inmitten der Schuttberge geht ein brutaler Serienmörder um, der junge Frauen missbraucht und erdrosselt. Die Polizei verhaftet schnell einen Verdächtigen, der aber nur einen der Morde gesteht. Inspektor Minami ist gezwungen, ältere Fälle neu aufzurollen, um den Täter zu überführen. Doch dabei verstrickt er sich in einem Netz aus Lügen und nackter Gewalt. Die Machenschaften des organisierten Verbrechens werden für ihn zur tödlichen Gefahr, genau wie die Intrigen innerhalb des Polizeiapparats. Langsam zerfließen die Grenzen zwischen Wahn und Wirklichkeit, und die Taten der Vergangenheit kommen ans Tageslicht. Denn auch auf Minamis Schultern lastet eine schwere Schuld ...

»Ein grandioses pandämonisches Literaturgewitter.«
BERLINER ZEITUNG

Die Originalausgabe erschien 2021 unter dem Titel
»Adultère« bei Éditions de Minuit, Paris.

© Les Éditions de Minuit 2021
© Verlagsbuchhandlung Liebeskind 2022
Alle Rechte vorbehalten

Umschlagmotiv: Elise Ortiou Campion / plainpicture
Umschlaggestaltung und Herstellung: Robert Gigler, München
Typografie und Satz: Frese Werkstatt, München
Druck und Bindung: Friedrich Pustet, Regensburg

ISBN 978-3-95438-152-4